# El dueño del secreto

Biblioteca Antonio Muñoz Molina
Novela

**Antonio Muñoz Molina**

# El dueño del secreto

Seix Barral

El papel utilizado para la impresión de este libro es cien por cien libre de cloro y está calificado como **papel ecológico**.


Seix Barral, un sello editorial de Editorial Planeta, S. A.
Avda. Diagonal, 662-664, 08034 Barcelona (España)
www.seix-barral.es
www.planetadelibros.com

Diseño de la cubierta: Booket / Área Editorial Grupo Planeta
Ilustración de la cubierta: EFE
Primera edición en esta presentación en Colección Booket: junio de 2016

Depósito legal: B. 9.262-2016
ISBN: 978-84-322-2911-4
Composición: La Nueva Edimac, S. L.
Impresión y encuadernación: CPI (Barcelona)
*Printed in Spain* - Impreso en España

**Biografía**

Antonio Muñoz Molina nació en Úbeda (Jaén) en 1956. Ha reunido sus artículos en volúmenes como *El Robinson urbano* (1984; Seix Barral, 1993 y 2003) o *La vida por delante* (2002). Su obra narrativa comprende *Beatus Ille* (Seix Barral, 1986, 1999 y 2016), *El invierno en Lisboa* (Seix Barral, 1987, 1999 y 2014), *Beltenebros* (Seix Barral, 1989 y 1999), *El jinete polaco* (1991; Seix Barral, 2002 y 2016), *Los misterios de Madrid* (Seix Barral, 1992 y 1999), *El dueño del secreto* (1994), *Ardor guerrero* (1995), *Plenilunio* (1997; Seix Barral, 2013), *Carlota Fainberg* (2000), *En ausencia de Blanca* (2001), *Ventanas de Manhattan* (Seix Barral, 2004), *El viento de la Luna* (Seix Barral, 2006), *Sefarad* (2001; Seix Barral, 2009), *La noche de los tiempos* (Seix Barral, 2009), *Como la sombra que se va* (Seix Barral, 2014), el volumen de relatos *Nada del otro mundo* (Seix Barral, 2011) y el ensayo *Todo lo que era sólido* (Seix Barral, 2013). Ha recibido, entre otros, el Premio Príncipe de Asturias de las Letras, el Premio Nacional de Literatura en dos ocasiones, el Premio de la Crítica, el Premio Planeta, el Premio Liber, el Premio Jean Monnet de Literatura Europea, el Prix Méditerranée Étranger, el Premio Jerusalén y el Premio Qué Leer, concedido por los lectores. Desde 1995 es miembro de la Real Academia Española. Vive en Madrid y Nueva York y está casado con la escritora Elvira Lindo.

www.antoniomuñozmolina.es

Lo peor de tiranías como la padecida por España es que su excesiva presión sobre los particulares, si bien hace brotar las cualidades más excelsas de unas cuantas almas excepcionales, extrae, en cambio, del común de los mortales, que no tenemos madera de héroes ni de santos, nuestras posibilidades más ruines.

FRANCISCO AYALA: *Recuerdos y olvidos*

# I

En 1974, en Madrid, durante un par de semanas del mes de mayo, formé parte de una conspiración encaminada a derribar el régimen franquista. La dirigía un general muy célebre, del que se contaba que a los pocos días de la revolución portuguesa había empezado a recibir sobres anónimos que contenían como único mensaje un monóculo: nadie se acuerda ya, pero el general Antonio de Spinola, primer líder del levantamiento de abril, usaba uno, lo cual le daba un aspecto llamativo de conspirador antiguo, de viejo militar anacrónico que encabeza no la tecnología sangrienta de un golpe de estado al estilo chileno, sino un pacífico pronunciamiento liberal.

La conspiración española, paralela a la portuguesa, pero ajena a ella, había recibido un inesperado impulso con los acontecimientos jubilosos del 25 de abril, fecha que para las personas de mi generación es tan inolvidable como la del 11 de septiembre chileno, que había ocurrido unos meses antes, a finales del verano del 73: las matanzas y los hacinamientos en el estadio nacional de Santiago nos recordaban que para los militares fascistas adiestrados y protegidos por el Departamento de Estado no existía el menor escrúpulo de tibieza o piedad; los acontecimientos de Lisboa nos enseñaban la lección contraria, porque en este caso también los militares eran los protagonistas, pero traían la democracia en vez de derribarla. De pronto, en Portugal, se veía que los más audaces sueños de libertad podían cumplirse, que una dictadura más antigua y más fósil todavía que la española podía borrarse del mundo en el transcurso de una noche, igual que se había derrumbado la monarquía de Alfonso XIII en otro abril de casi medio siglo antes, sin muertos, sin turbulencias ni desastres, en medio de una celebración orgullosa y unánime.

Aún me acuerdo del momento en que leí la noticia, una tarde nublada que en mi memoria más parece de marzo, junto a un quiosco de la Gran Vía donde acababa de comprar *Informaciones*. Podía pasarme semanas sin comer un plato caliente, o caminar kilómetros para ahorrarme las dos pesetas de un billete de metro, pero a lo que no renunciaba nunca era a comprarme un periódico de la mañana y otro de la tarde, no sin gran irritación de mi amigo, paisano y compañero de cuarto Ramón Tovar, también llamado Ramonazo o Tovarich, que consideraba ese gasto diario tan inexplicable como el capricho de pagarme una ducha en la pensión dos veces por semana, y no una cada quince días, que era su norma higiénica.

Aquella tarde del 26 de abril, a pesar del hambre que llevaba, el titular y la foto de primera página, en la que se veía un carro de combate rodeado de gente que les ofrecía claveles a los soldados (*nossas armas sao cravos*, leíamos luego en las pancartas: la revolución nos hacía aprender portugués) me dieron una felicidad cálida e instantánea, una anchura de respiración libre en el pecho, como si el golpe de estado no hubiera sido en Portugal, sino en la misma España. Subía atolondrado, me acuerdo, por la acera de la Telefónica, tan absorto en el periódico que choqué con alguien, tan entusiasmado con el relato de aquella noche última de la tiranía en Portugal, de los carros de combate acercándose a Lisboa con las luces apagadas, de las emisoras de radio en las que sonaba una canción rítmica y alegre de José Afonso, *Grandola, vila morena,* que al encontrarme de frente con la cara antipática y agraviada del que había chocado conmigo hubiera querido, en vez de pedir perdón, darle un abrazo y transmitirle la noticia con el mismo entusiasmo incrédulo con que sin duda se la transmitía de boca en boca la gente aquella misma mañana en todas las calles de las ciudades portuguesas. Al fin y al cabo Portugal estaba tan cerca que su revolución casi nos afectaba también a nosotros, y aquel mismo fin de semana muchos rojos españoles corrieron a Lisboa a celebrar el primer uno de mayo de la libertad en un fervor de himnos y de banderas rojas. ¿Podían mantenerse Franco y su corte lúgubre eternamente al margen de los tiempos, era probable que durase mucho más una dictadura fascista rodeada de países democráticos? Pero la pregunta de aquellos días era en el fondo más íntima, mucho más personal, casi al margen de las convicciones o de los razonamientos políticos: ¿Tendría uno tan mala suerte en la vida que se le gastaría entera soportando aquella tristeza, aquel agobio sordo, aquel aburrimiento inacabable del franquismo, aquel miedo sin rasgos ya de martirio ni de épica, tan indeleble como una enfermedad, como un reuma moral?

Yo no sé hacia dónde iba aquella tarde cuando compré el periódico, seguramente a algún sitio donde ofrecieran un trabajo de repartir propaganda, porque siempre andaba buscándome trabajos en los anuncios por palabras del *Ya*, y lo más que lograba, aparte de las casuales tareas mecanográficas que me encargaba Ataúlfo Ramiro, era una proposición para criar chinchillas o champiñones en casa o para repartir propaganda a la entrada del metro. El caso es que me volví hacia la pensión y subí corriendo los tres pisos de escaleras inundados de olor a jamones y chorizos —había en el bajo una mantequería— para darle la noticia a mi amigo Ramonazo, que por encontrarse en el paro y por ahorrar energías se quedaba tardes enteras tendido en la cama, en total oscuridad, tan inmóvil que la patrona lo tomó por muerto una vez que entró en la habitación creyendo que no estábamos ninguno de los dos y sin duda dispuesta a confiscarnos algo en garantía de pago por los meses que debíamos. Lo encontré dormido, o más bien abotargado en una somnolencia no exenta de semejanzas fisiológicas con el sueño invernal de los osos, lo sacudí hasta que se despertó, le puse la primera página del *Informaciones* delante de la cara, que sin afeitar parecía aún más de pueblo, más redonda y más ruda, con un aspecto de fortaleza y salud no malogrado por las privaciones. Sobre la mesa de noche había un ejemplar de la revista *Diez Minutos* y otro de los *Poemas escogidos* de Mao Zedong, que entonces se llamaba Mao Tse-Tung y gozaba de amplio prestigio, no sólo en calidad de líder político, sino también de poeta y filósofo. Como, aparte de prochino, era un poco enterado, Ramonazo al principio le quitó importancia a la cosa, hasta la puso en duda, mirándola con la incredulidad que le inspiraban todos los periódicos burgueses, incluido aquél, que era el único no absoluta y abyectamente fascista y que por la calle identificaba a quien lo llevara tan sin incertidumbre como una bandera, como una barba y un ejemplar de *Triunfo*: para Ramón Tovar, Ramonazo o Tovarich, converso reciente al maoísmo, toda la prensa burguesa era igual de embustera y mixtificadora, palabra esta última que acababa de aprender de la joven prochina con la que estaba saliendo, de modo que se encogió de hombros, me dijo que todo aquello era una trampa de la derecha, aliada natural de los socialfascistas, y que tenía mucho sueño, volvió a tumbarse y a cubrirse hasta la nariz con el embozo de la cama y se quedó mirando la pared sin pestañear, sin duda por ahorrarse la dosis mínima de energía requerida por el movimiento de los párpados. Mal podía imaginarse él que unas semanas más tarde iba a encontrarse envuelto conmigo en una conspiración como la portuguesa, ni que una imprudencia suya habría de contribuir a que se malograse, retrasando en varios años la llegada de la democracia a España, e impidiéndonos a todos que disfrutáramos de la grandiosa fiesta de libertad a la que se arrojaron los portugueses. Nosotros no incendiamos los cuarteles de la Brigada Político Social ni derribamos estatuas del dictador ni nos lanzamos en un delirio de alegría a chapotear en las fuentes públicas. A nosotros todo nos llegó más despacio, con más tiento, en un gota a gota exasperante, con incertidumbres y regresos, con la misma lentitud de quelonio prehistórico con la que acabó muriéndose el general Franco, con terrores y persecuciones y crímenes que no acababan nunca, sin que cambiasen casi las caras y las voces de los que mandaban, sin que jamás tuviéramos la alegría de empezar de nuevo, de borrarlo todo y vivir una nueva era: la alegría o el espejismo, me da igual. Tampoco para los portugueses cambió el mundo tanto como ellos creían, y como creíamos fervorosamente nosotros con ellos, a través de ellos, pero al menos tuvieron esas pocas noches de entusiasmo, de juerga suprema y de liberación, aquel sueño edificado con los materiales exactos de la realidad.

No quiero decir, claro, que Ramonazo fuese el responsable del fracaso en España de una revolución como la de Portugal. Y aun en el caso de que lo hubiera sido, la culpa en realidad no sería suya, sino mía, ya que fui yo quien le confié, en contra de lo que había jurado, no sólo la existencia de la conspiración, sino también algunos de los nombres de personajes públicos vinculados a ella y hasta la fecha aproximada en que se producirían los movimientos militares. Ya entonces, a los dieciocho años, padecía yo una debilidad de carácter que me ha perjudicado siempre mucho, más en mi respeto hacia mí mismo que en mi trato con los demás, y que consistía, y consiste, en que no soy capaz de guardar un secreto, aunque me jacto de ser hombre reservado y poco amigo de confidencias personales. Es falso. Casi todos los secretos que me han confiado a lo largo de mi vida han sido perfectamente triviales, pero lo cierto es que no he sabido o no he podido respetar ninguno, y que en cada caso he jurado con absoluta convicción que nunca repetiría las confidencias que estaba escuchando. Si fuese cura traicionaría sistemáticamente el secreto de confesión. Nunca he sido capaz ni de callarme ante mis hijos cuando me preguntaban qué regalo les había comprado para sus cumpleaños, o para Reyes. Siempre me decía, y en eso mi mujer estaba de acuerdo, que era preferible que los chicos no supieran nada hasta el mismo momento, porque así conservaban intacta la ilusión, pero era inútil, era como un impulso de vanidad invencible, como un deseo irrefrenable de que me agradecieran cuanto antes los sacrificios que hacíamos por ellos, un defecto como la incontinencia de vejiga, a la que también soy proclive, dicho sea de paso.

Una sola vez en mi vida he poseído un secreto que de verdad era valioso, que podía, como suele decirse, cambiar el curso de la Historia de España, y fue saberlo y jurar que lo guardaría y ya me quemaba como un hierro candente, y no me dejaba dormir. Tardé tres días en contárselo a alguien, y si resistí tanto no fue porque durara meritoriamente tres días mi lucha interior, sino porque Ramonazo se había ido de gira por la provincia con la pista de coches de choque en la que trabajaba entonces, y aparte de él no había nadie en Madrid con quien yo tuviera confianza. Nadie, claro, salvo Ataúlfo Ramiro, que era por entonces mi amigo, mi protector y mi patrón, y que tenía algo en torno suyo como la sombra de un padre y de un maestro generoso y arbitrario, pero que era, también, quien me había confiado el secreto y exigido rigurosamente, que lo mantuviera.

Es cierto que mi relevancia entre los conspiradores era mínima, y que no llegué a tratar a casi ninguno de ellos, y también es evidente que dicha conspiración fracasó, pero nada de eso elimina la verdad de mis correrías por Madrid transportando mensajes ni del peligro de ser apresado que corrí en algún momento. Tampoco las dudas que yo mismo he albergado a lo largo de los últimos diecinueve años sobre aquella aventura suavizan el recuerdo del terror que pasé entonces ni desdibujan mi exaltación, mi entusiasmo, la admiración que sentía hacia el hombre que me había concedido el honor de unirme a los conspiradores, siendo yo poco más que un adolescente hambriento, solitario y algo lunático, y que no sólo me inició en los misterios de la clandestinidad, sino también en los lujosos placeres del whisky, la langosta y los taxis nocturnos.

Aquel hombre —innecesario es decir que en realidad no se llamaba Ataúlfo Ramiro, pero no me parece que sea prudente revelar su identidad, o que yo tenga derecho a hacerlo—, murió hace siete u ocho años, recién cumplidos los sesenta, en la flor de la vida. Yo siempre diciéndole a mi mujer, «tengo que llevarte a Madrid, a que conozcas a Ataúlfo», y se van dejando las cosas de un año para otro, se va cargando uno de tareas y de hijos y de pronto se entera de que la visita que postergó tantas veces ya ha sido definitivamente cancelada. Ataúlfo murió de un derrame cerebral, una mañana de febrero, por la calle de Alfonso XII, que le gustaba tanto, frente a las verjas del Retiro, pero según la vida que llevaba podía haber muerto también de cáncer de pulmón, de coma hepático y de infarto de miocardio. Yo no había vuelto a verlo desde que salí más o menos huyendo de Madrid a mediados de mayo del 74. Supe, por amigos comunes, que se había divorciado y que se volvió a casar con una mujer mucho más joven, y que el nuevo matrimonio le hizo feliz, le ganó la animadversión incondicional de sus hijos y le coincidió con un florecimiento profesional que le hizo rico en poco tiempo.

La noticia me sorprendió, entre otras cosas porque yo siempre le creí multimillonario, a pesar de que viviera y tuviera el despacho en un piso pequeño y oscuro de la calle Quintiliano. A los dieciocho años y en el estado de amarga necesidad en que yo me encontraba, cualquiera que tuviese una vida decente me parecía un potentado: incluso a los compañeros de pensión que disfrutaban de un cuarto individual ya les atribuía desmedidos privilegios sociales. Ataúlfo Ramiro fue la primera persona que yo conocí que acudiera en taxi a todas partes, que bebiera whisky y vino de marca y comiera langosta y caviar. En compañía de Ataúlfo, y costeado por él, entré por primera vez en un club nocturno, o bar de alterne, y vi cómo aquellas mujeres blancas, carnosas y medio desnudas cuya sola proximidad me debilitaba las piernas lo saludaban por su nombre, se le sentaban en las rodillas y compartían con él sus copas de champán. Los anchos billetes verdes de entonces, de un verde tan fuerte y un papel tan recio que crujía, brotaban de sus bolsillos, de todos sus bolsillos, los de su pantalón y los de su americana, como si se multiplicaran alegremente en ellos, y yo le veía gastar y agradecía su generosidad conmigo y pensaba que con una parte mínima de aquel capital que Ataúlfo derrochaba yo podría pagarme un curso entero.

Pero en ningún momento sentí rencor, o envidia de clase, que era lo que sentía hacia Ataúlfo mi amigo Tovarich, que había llegado desde mi pueblo a Madrid un par de meses después que yo, pero no para estudiar, ya que había dejado la escuela a los doce años y llevaba seis trabajando de mecánico, sino para buscarse la vida en el primer oficio que se le presentara, pues pensaba que en cualquiera de ellos viviría menos explotado que en el taller de coches de donde llegaba, todavía con una oscuridad de grasa en las anchas palmas de las manos y en las uñas, con un tizne de mecánico o de carbonero en la negrura cerrada de la barba.

A Ramonazo yo lo conocía de los futbolines de Acción Católica. Era algo chaparro, cuadrado, muy fornido, con una papada precoz, un cogote carnoso, una panza rotunda y unas manos chatas y recias que siempre tenían como un residuo de grasa de taller en las uñas. Nos unió enseguida una confusa vocación izquierdista y un deseo contumaz de ver mundo. Los domingos por la tarde nos paseábamos por la calle Nueva con las manos en los bolsillos, comiendo pipas y planeando detalle por detalle la revolución, sin omitir colectivizaciones forzosas, juicios sumarísimos ni fusilamientos ejemplares. Ramonazo (le halagaba que le dijeran Tovarich hasta que ya en Madrid se volvió prochino) era partidario de los tribunales populares y de las quemas de aquellas iglesias que no tuvieran utilidad como almacenes o garajes: más templado, o influido por algún sacerdote de izquierdas, o por las vaguedades sobre cristianismo y marxismo que circulaban en las publicaciones del PC, yo le sugería que algunos creyentes podían unirse a la causa de la revolución, y eso le hacía montar inmediatamente en cólera, y alimentaba sus sospechas de que yo, en realidad, era un miserable reformista.

El día antes de que yo me fuera a Madrid lo celebramos juntos bebiendo una botella entera de Valdepeñas con tapas de tocino frito y aceitunas machacadas en una taberna que se llamaba De Aquí No Paso, cuyos clientes, de un modo u otro, acababan siempre haciendo honor a tal nombre. Al calor de la ebriedad Ramonazo me hizo prometerle que le ayudaría a establecerse en Madrid cuando por fin se decidiera a huir de casa de sus padres, y me juró a su vez que en el momento en que le sonriera la fortuna compartiría su éxito conmigo: pensaba, no sin razón, que mis posibilidades de prosperar como estudiante en Madrid eran limitadas, y que su experiencia de la vida, mucho más amplia y auténtica que la mía, pues no en vano llevaba seis años ganándose el jornal, nos sería muy útil a los dos cuando al fin pudiéramos reunirnos. Aseguraba que los estudiantes no servíamos para nada, ni para hacer la revolución, según se había visto unos años antes en las universidades de Francia y de los Estados Unidos, y que la falta de esfuerzo físico amariconaba la voluntad igual que reblandecía las manos. Por eso él era partidario de que a los estudiantes nos cortaran obligatoriamente el pelo al rape y nos mandaran de vez en cuando a trabajar en el campo o en las fábricas, como en la China de Mao, país que Ramonazo admiraba mucho aun antes de echarse aquella novia que resultó ser del FRAP, y que en las mañanas de mayo del 74 lo llevaba de la mano a la plaza de Neptuno para ver ondear la bandera roja sobre los tejados del hotel Palace, pues era allí donde al principio tuvo sus dependencias la embajada de China, que acababa de establecer relaciones diplomáticas con la España franquista.

La noche de la despedida, en el De Aquí No Paso, apurando más por obstinación que por ganas el último vaso de Valdepeñas, la última tapa de tocino enfriado, Ramonazo también mostraba dudas sobre mi lealtad posterior hacia él: «Seguro que cuando te juntes con todos esos señoritos universitarios de Madrid ya ni te acuerdas de tu amigo.»

Me olvidé de él, desde luego. Me olvidaba de todo. La desnutrición acabó debilitándome la memoria no menos que las piernas, y la llegada y las primeras semanas en Madrid fueron como una inundación de imágenes y de sensaciones tan violentas que no dejaban en mi conciencia el menor rastro de la vida anterior. Recibí un par de cartas suyas a las que contesté distraídamente y con retraso, cartas que él escribía, por cierto, en hojas apaisadas y rayadas, como las que usaban entonces los soldados para escribir a las familias, y con una caligrafía más bien propia de la generación de nuestros padres. Le aseguré, falsamente, que había emprendido algunas gestiones para buscarle trabajo en un taller mecánico, o en una gasolinera, y le conté algunos embustes sobre mi participación en las luchas universitarias, luchas que a vuelta de correo él se apresuró a desdeñar, esgrimiendo de paso la ya habitual y amenazadora apelación a las comunas arroceras chinas y a la zafra cubana. Me decía que estaba a punto de abandonar el taller donde trabajaba y la tiranía avarienta del dueño, a quien llamaba el Negrero o el Calvo: veladamente, como si alguien pudiera interceptar la carta, me sugería que estaba ideando una estratagema para retirar su dinero de la Caja de Ahorros sin que su padre se enterara. Tan lejos estaba yo de él y de todo lo que tuviera que ver con mi vida pasada y con la tristeza y la rutina lenta de mi pueblo que cuando unos meses más tarde lo vi en el vestíbulo de la pensión me costó unos segundos reconocerlo. Hablaba como si no estuviéramos en Madrid, como si hubiera llegado a buscarme a casa de mis padres y al cabo de un rato fuéramos a salir con nuestros trajes de domingo a pasearnos comiendo pipas por la calle Nueva. Inventé cualquier pretexto para librarme de él: justo cuando llegó yo salía llevando en la mano mi máquina portátil, porque tenía que ir a trabajar de mecanógrafo a casa de Ataúlfo Ramiro.

A lo que iba, sobre todo, era a cenar, y a beber whisky, a fumar tabaco americano, a escuchar las infinitas historias de Ataúlfo. Algunos días llegaba prácticamente en ayunas a su casa, de modo que los langostinos o las angulas o el caviar a los que él me invitaba más tarde eran mi único alimento: vivía entre el hambre cruda y los canapés de salmón, entre la leche condensada y el *dry martini*, entre los bancos fríos de la plaza de España donde me sentaba todas las mañanas a leer los anuncios por palabras del *Ya* y los taburetes de José Luis y de Chicote. Veía Madrid tras un cristal de lejanía y extrañeza enturbiado por las alucinaciones del hambre o por las borracheras instantáneas de whisky de malta bebido con el estómago vacío: pero la turbiedad entonces era dulce y dorada, translúcida, deliciosa, tan confortable como el viaje en taxi camino de la pensión y de la vida real, a las dos o a las tres de la madrugada, por las avenidas resplandecientes y vacías, imaginando carros de combate que avanzaban por la calle de Alcalá hacia la Puerta del Sol, banderas republicanas y rojas sobre el edificio de Correos, en los balcones siniestros de la Dirección General de Seguridad. Entonces aún quedaban serenos en Madrid, y a mí, cuando llegaba bebido, no me daba vergüenza dar una palmada resonante en el silencio y en la quietud de la calle, y como se me contagiaba enseguida la prodigalidad de Ataúlfo le entregaba al sereno una propina espléndida, y sólo a la mañana siguiente caía en la cuenta de que no me quedaba ni una sola moneda.

Aquéllos fueron tiempos.

## II

Con Ataúlfo empecé a trabajar por mediación de otro paisano mío estudiante que se hospedaba en una pensión cercana, y con el que no llegué a hacer amistad, aunque nos conociéramos del Instituto. Era un individuo de mi edad, pero más bien altanero, y yo no sé si distraído o mal educado, porque algunas veces no me saludaba al cruzarnos en la calle. Creo recordar que estudiaba idiomas, y me han dicho que ahora es un alto cargo en los servicios de traducción del Parlamento europeo o algún sitio semejante. Siempre es raro pensar que alguien del mismo pueblo de uno ande tan lejos por el mundo. Económicamente él estaba algo mejor que yo, gracias a una beca salario como la que yo había solicitado en vano, por mis notas mediocres: con frecuencia lo veía desayunar en la cafetería Yale, que para mí era tan inalcanzable como el Palace. Una mañana coincidimos en la puerta, y aunque no creo que yo llevara más de cinco duros en el bolsillo le propuse que desayunáramos juntos. Me habló entonces de un trabajo que había estado haciendo para un medio pariente suyo, abogado, y que ahora debía abandonar, porque le habían cambiado algunas clases a la tarde: un trabajo ocasional, por horas, copiando cosas a máquina o tomando cartas al dictado. Me anotó un número de teléfono en una servilleta de papel y me dijo que llamara esa misma mañana. Vi el cielo abierto, pero no quise agradecer el favor con demasiada efusión, por no manifestar ante mi paisano el grado de necesidad en que me encontraba, y por no acentuar en él aquel aire de vago patrocinio que había adoptado conmigo. A la hora de pagar llamé yo al camarero e hice un gesto como de llevarme la mano al bolsillo interior del chaquetón, según había visto hacer a las personas con posibles, pero hubo suerte y mi paisano me contuvo, y pagó él los dos cafés con leche y las porras.

En esa época los teléfonos públicos de Madrid eran negros y de una arcaica solidez y todavía funcionaban con fichas. Hasta entonces yo había hablado por teléfono muy pocas veces en mi vida, de modo que llamar a alguien, sobre todo a un desconocido, me ponía nervioso, y nunca estaba seguro de haber introducido bien la ficha o marcado el número correcto. La señal de llamada, la caída de la ficha en el interior del mecanismo, me daban palpitaciones de palurdo. Aunque el sonido de mi voz me pareció ridículo y mis palabras confusas, la mujer que atendió desmayadamente el teléfono en casa de Ataúlfo entendió mi propósito y me dio cita para aquella misma tarde, advirtiéndome que llevara mi máquina de escribir, y que acudiera exactamente a las cinco. El habla de Madrid, tan barnizada de eses, me intimidaba mucho: de niño yo había creído que pronunciar las eses finales y las des era cosa de ricos. Me di una ducha, aunque era martes y no me tocaba, me puse toda la ropa limpia, les saqué brillo a mis botas con la colcha, me di fuerzas preparándome de almuerzo un gran bocadillo de paté, que comí acompañado higiénicamente por un vaso de agua del grifo, sentado frente a la ventana abierta de mi habitación, por la que subía siempre a esa hora un borboteo y un olor a guiso más suculento aún que el de los embutidos de la mantequería de abajo. Consideré la posibilidad de ir en un rato a que me cortaran el pelo, ya que tal vez lo llevaba demasiado largo para el gusto de un abogado, al que yo suponía inaccesible y severo, vestido de negro y con una insignia religiosa en el ojal, como los abogados y los notarios de mi pueblo, que eran todos cofrades de Semana Santa y camisas viejas de Falange.

Pero no fui a la peluquería: se me estaba haciendo tarde, y tampoco era cuestión de renunciar a los principios de uno, más firmes por esa época en el apartado capilar que en el ideológico. Aproveché el poco tiempo que me quedaba revisando y limpiando mi máquina de escribir, que mantenía yo siempre tan engrasada y dispuesta como un oficial su arma reglamentaria, si se me permite la comparación. Mi máquina portátil, reluciente, liviana, veloz como un bólido cuando alcanzaba con ella las doscientas cincuenta pulsaciones por minuto, con su tecleo seco y rítmico y su timbre de aviso, con su olor a metal, a grasa, a ese líquido a base de gasolina con el que se limpian las máquinas de escribir, y que para mí sigue siendo, aunque ya no exista motivo, uno de los olores de la felicidad. Era una Tippa Adler con la carrocería y la tapa pintadas en un gris muy suave, y nada más que llevándola en la mano por la calle como lleva un músico su instrumento enfundado ya me sentía acompañado y fortalecido, casi justificado por ella, ya me creía que estaba cumpliendo la primera parte de mi vocación de periodista, vocación con la que había vivido desde los doce años, y que sólo me flaqueaba cuando entraba en los anchos pasillos de cemento de la Facultad de Periodismo, que ahora se llamaba de Ciencias de la Información, y en la que los profesores disertaban sobre saberes incomprensibles llamados Semiología o Comunicología. Pero yo no quería ser un licenciado en Ciencias de la Información, que sonaba a licenciado en Farmacia o en Derecho Canónico, y menos aún un semiólogo o un comunicólogo: yo quería ser un periodista, que me parecía algo tan inmediato y tan urgente como ser un atracador o un bombero, y la excitación que notaba hojeando un periódico, tocando el papel y olfateando su tinta, o sentado delante de mi máquina y escribir haciendo como que tenía que redactar en diez minutos una noticia de última hora, y que no estaba en la mesa camilla de mi cuarto alquilado, sino en la tumultuosa sala de redacción de un periódico, se me desvanecía en cuanto empezaba a tomar apuntes en un aula de la Facultad.

Yo había nacido para periodista, y *periodista de raza*, según leía algunas veces, y lo había dejado todo para irme a Madrid, que era donde ocurrían las cosas y donde los periodistas se forjaban, pero a los dos meses de estar allí mi trato con el periodismo seguía siendo idéntico al que mantenía en mi pueblo, con la diferencia única, aunque sustanciosa, de que podía leer los periódicos del mismo día, y no aquellos ejemplares enfriados y como desabridos del día anterior que entonces llegaban a provincias, y que lo reducían a uno a una especie de anacronismo obligatorio.

Pero si aún no me había llegado la hora de usar mi máquina como periodista, al menos me ayudaría a ganarme la vida como mecanógrafo, si aquel abogado de nombre tan rotundo que casi daba miedo accedía a contratarme. A las cuatro y media de una tarde de sol rubio y helado bajé con mi máquina de escribir al metro de la plaza de España, y en el vagón apreté muy fuerte el asa de la tapa y miré con disimulo a mi alrededor por miedo a que algún gamberro o carterista me la quitara. En aquellos días aún me gustaba todo de Madrid, incluso lo que me asustaba, y me sumergía en los túneles y en los vagones del metro con la disposición aventurera y enérgica de un explorador, trazando itinerarios en lo desconocido con la ayuda de un mapa y mirando una por una todas las caras con las que me cruzaba queriendo no perderme ni un personaje ni un detalle en el gran espectáculo de las vidas ajenas.

Pero el aire solía estar demasiado caliente, enrarecido, un poco húmedo, y a veces uno se veía avanzando por túneles de techo bajo y longitud inacabable en los que no había nadie más, o descendiendo inmóvil por escaleras mecánicas que daban vértigo de tan empinadas. En el metro me daban miedo las muchedumbres afanosas de las horas punta y el fragor de los trenes, pero sobre todo el silencio y la soledad de algunos corredores en los que de pronto se oían unos pasos a la espalda, unos pasos y también a veces los golpes breves y seguidos del bastón de un ciego. Salir a la calle, ver de nuevo la luz del día y respirar el aire libre era siempre un alivio, y al pisar la acera yo me sentía como si tuviera yo mismo algo de aparición. Así me encontré esa tarde en la Avenida de América, donde no creo que hubiera estado nunca hasta entonces, y como durante el viaje en el metro, según mi costumbre, me había estudiado bien el plano de la zona, no tuve que preguntarle a nadie para llegar a la calle Quintiliano, donde me esperaban unos minutos después.

Hice tiempo mirando en un quiosco los titulares de la tarde, que se referían sobre todo a una cosa llamada *el espíritu del doce de febrero.* Faltaban dos meses para el abril glorioso de Lisboa, menos de tres para el levantamiento español en el que yo aún no sabía que iba a participar, poco más de año y medio para que se muriera el enano mineral, el galápago eterno que aparecía en el blanco y negro de los televisores como la momia anticipada de sí mismo, embalsamado en condecoraciones o vestido con trajes y sombreros de fieltro de vejestorio diminuto y pulcro, de abuelito fastidioso con el que ya nadie sabe qué hacer: lo malo del porvenir, cuando aún no se ha convertido en pasado, es que no hay manera de sospechar lo que traerá, y que los únicos vaticinios que aciertan son los retrospectivos. Aquel invierno, aquellas tardes de febrero, aún parecía que la dictadura no iba a terminarse nunca, tan omnipresente, tan calcificada en sus engranajes, que sobreviviría sin riesgo a la muerte de Franco, en el caso de que éste se muriera en un plazo no demasiado lejano, lo cual no siempre parecía seguro. ¿Y si llegaba a los cien años, como aquellos viejos lamentables y ruinosos a los que llamaban los periódicos *el abuelo de España* o *la bisabuela de Aragón*, o incluso a los ciento treinta, como esos pastores del Cáucaso que sólo se alimentan de requesones y yogur?

Por la Avenida de América bajaba una columna de jeeps de los grises, seguida por un autobús en el que se vislumbraban, tras las rejillas de alambre que recubrían las ventanas y los faros, cascos de antidisturbios con las viseras levantadas. En alguna parte empezó a sonar una sirena, y se encendieron simultáneamente todas las luces giratorias azules sobre los techos de los jeeps. Con el corazón en un puño apresuré el paso y resistí las ganas de seguir mirando hacia ellos. Incluso tuve miedo, porque era muy medroso, de que me interrogaran acerca de mi máquina. (Años después un amigo que sí llegó a hacerse periodista, y corresponsal internacional, que es lo que a mí me hubiera gustado ser, me contó que en las fronteras de algunos países comunistas los aduaneros confiscaban las máquinas de escribir.)

Un grupo todavía muy poco numeroso de gente parecía estar concentrándose en una esquina de la avenida, junto a un paso elevado donde trepidaba el tráfico. Creí ver otros grupos en otras esquinas, hombres con cazadoras y trencas y periódicos bajo el brazo, gente con aire distraído que podía estar allí por casualidad o siguiendo un propósito común. Se adivinaba que en cualquier momento podía ocurrir algo, y no saber qué ya daba miedo y excitaba. Aquellos grupos dispersos podían convertirse de pronto en una compacta multitud fugaz o disolverse del todo sin dejar ningún rastro, y las sirenas y los jeeps de los guardias podían alejarse en otra dirección, hacia otro cruce de esquinas de Madrid donde hubiera jóvenes barbudos sospechosamente agrupados, sospechosamente distraídos mirando escaparates o esperando autobuses.

Con franco alivio doblé hacia la calle Quintiliano y entré en el portal oscuro del número 32. Detrás de mí empezaban a oírse más sirenas. Subí al segundo y ya sólo escuchaba mis pasos en los peldaños de madera. Me había extrañado no encontrar junto a la puerta de la calle una de esas placas doradas que anuncian a los abogados. En la puerta del segundo derecha sí que había una placa, pero era muy pequeña y de poca calidad, como de fórmica, y en ella sólo estaba escrito el nombre, Ataúlfo Ramiro Retamar, que era un nombre tan sonoro y tan autoritario que equivalía por sí solo a una placa de bronce, un nombre de procurador en cortes o de registrador de la propiedad. Pulsé el timbre, pero una sola vez y con una presión tan pusilánime que nadie vino a abrir. Apreté más fuerte el asa flexible de mi máquina, me aplasté el pelo hacia un lado con la mano derecha y llamé un poco más decididamente. La misma voz femenina y desganada que había oído en el teléfono dijo «Ya va», y hubo un ruido lento de chancletas antes de que la puerta se abriera, no sin gran congoja por mi parte.

No sé si había esperado una doncella de cofia blanca y mandil blanco o un severo mayordomo, pero encontrarme frente a una señora de mediana edad, despeinada, con unas zapatillas viejas y una bata de casa echada sobre un camisón no me impresionó menos. A una amiga de mi madre, peluquera a domicilio y muy lectora de revistas del corazón y de novelas de Carlos de Santander, yo la había oído decir que los verdaderos multimillonarios y los duques y condes con grandeza de España se vestían de cualquier modo, a diferencia de los ricos de medio pelo y de los títulos falsos, que careciendo de sustancia se desvivían neciamente por mantener las apariencias. Aquella señora debía de pertenecer al grupo más selecto de los multimillonarios, o de los grandes de España, porque eran las cinco de la tarde y se veía que estaba recién levantada de la cama, y traía consigo un aire recalentado de pereza y alcoba.

Me miró a mí tapándose un bostezo con la mano y luego miró hacia la máquina, con la misma expresión que si acabara de abrirle la puerta a un operario no solicitado. Debía de haber sido muy guapa hasta unos pocos años antes, pero la belleza de sus rasgos demasiado juveniles no había sobrevivido a la decadencia de la piel. El rictus de la boca y el ceño de la frente se habían convertido en arrugas. Tenía los labios pintados, pero no los ojos, lo cual exageraba su palidez de enfermedad, de vida encerrada e insalubre. Le dije que venía por lo del puesto de mecanógrafo y al principio no se enteraba de nada, pero enseguida se echó a reír: «el puesto de mecanógrafo», repitió, pasándose la mano por el pelo, burlándose sin duda de la seriedad que esas palabras daban a una tarea no mucho más relevante que la de limpiar casas por horas. Me dijo que su marido probablemente se retrasaría un poco, y que si me parecía bien y no tenía nada mejor que hacer podía esperarlo en su despacho. Por el modo entre compadecido e irónico con que me miraba, se veía claro que estaba segura de que yo no tenía nada mejor que hacer.

Aludió sumariamente para disculparse a un dolor de cabeza y desapareció arrastrando las zapatillas por el fondo de un corredor cerrado con cortinas granate que a mí me dieron una impresión de misterio y de lujo. En el despacho me quedé de pie unos minutos, sin atreverme del todo a prestar atención a lo que tenía ante los ojos, por un escrúpulo de respeto hacia la intimidad ajena. Había una pared entera cubierta de repertorios jurídicos, una mesa grande cuya forma desaparecía bajo los papeles y los legajos amontonados, una lámpara de pie con la pantalla imitando un pergamino antiguo y uno de esos sillones de tipo castellano o frailuno que se llevaban mucho entonces. Al otro lado de la mesa, la silla de los clientes era una simple silla de cocina, de plástico rojo, lo cual me pareció una nueva señal de extravagante riqueza y desdén hacia las convenciones. El despacho, en conjunto, era tan exiguo, y estaba tan atestado de cosas, que me pregunté dónde podría instalar mi máquina y mi persona cuando tuviera que escribir. Al cabo de unos minutos prudenciales, y en vista de que nadie aparecía, me consideré autorizado a sentarme en el filo de la silla de plástico rojo.

Permanecí sentado en ella exactamente tres horas menos cuarto, con las rodillas juntas y los codos apoyados en los muslos y mirando tontamente al vacío, o las cortinas algo sucias de la ventana, en una actitud como de velatorio, de tiempo lento o muerto que no acaba nunca. Miré los lomos de los libros jurídicos, las letras góticas de los diplomas colgados en la pared, las caras en la orla de la promoción 1955-1960 de licenciados en Derecho, preguntándome quién de ellos sería el desalmado que me citaba a las cinco para dejarme esperando hasta las ocho. Uno por uno se reunían en mí los síntomas del infortunio: primero tuve ganas de orinar, después empecé a notar en el estómago la mordedura y el desconsuelo del hambre, porque el bocadillo de foie-gras me lo había tomado a las dos, y además, como dice mi madre, nada que no sea un plato caliente de cuchara alimenta a un organismo sano; a las seis ya era por completo de noche y yo no me decidía ni a marcharme ni a encender la lámpara; a las seis y cuarto me moría de ganas de orinar y apretaba las piernas como en las bancas del colegio unos minutos antes del recreo; desesperado, reducido al absurdo, salí al pasillo, que estaba a oscuras, en busca de un lavabo o de una presencia humana, pero escuché una risa súbita y muy desagradable y volví a refugiarme en el despacho antes de darme cuenta de que lo que había oído era la televisión. Si no aparecía nadie, si no llegaba Ataúlfo ni la señora se acordaba de mí ni yo me marchaba, ¿me quedaría indefinidamente así, como un personaje en una obra de teatro del absurdo?

Por la ventana llegaba, sobre el rumor del tráfico, un sonido lejano de sirenas policiales o de ambulancias. Desde la primera noche de excitación y de insomnio que pasé en Madrid me había llamado mucho la atención que siempre se escucharan sirenas. Dejé entornada la puerta del despacho y agucé el oído intentando distinguir alguna señal de la presencia de la mujer que me había abierto por debajo de las risas mecánicas de la televisión, que tal vez estaba encendida en el piso de al lado. A las siete y algo sonó el teléfono. Sonó tres veces y se interrumpió, y entonces me di cuenta de que yo lo oía, pero no sabía dónde estaba. Volvieron a llamar: tres timbrazos de nuevo, y después el silencio. Encontré el teléfono debajo de una pila de sentencias del Tribunal Supremo que al moverla ligeramente se derrumbó provocando un alud polvoriento de papel de barba. Me lo quedé mirando cuando empezó a sonar por tercera vez y siguió sonando como si me desafiara a levantarlo: pero imaginaba que habría otro teléfono en la casa, y que la señora lo cogería. Sonó diez o doce veces. Adelanté la mano para cogerlo y dejó de sonar: era sólo el intervalo entre dos timbrazos, y cuando tuve el auricular en la mano me arrepentí de haberlo levantado, y una voz femenina estaba hablándome y yo no acertaba a decir que yo no era Ataúlfo.

«Todo resuelto, chico. Su excelencia de acuerdo, y los demás amigos ya sabes, que a la orden.»

Antes de que yo pudiera articular nada, la comunicación se interrumpió. Hacia los fondos de la casa, que yo suponía ilimitada, con una tenebrosa longitud de pasillos, como el piso de renta antigua en el que estaba mi pensión, se abrió y se cerró una puerta de cristales, y creí que sonaban pasos acercándose, aunque tal vez era tan sólo una alucinación del silencio y del hambre. Pensé con amargura que me asustaba todo, que cualquier situación un poco difícil me vencía, que no iba a saber buscarme la vida en Madrid, que si tardaba mucho en encontrar un retrete me orinaría en los pantalones. En ese momento la puerta del despacho se abrió y yo me puse de pie con una rigidez tan instintiva como cuando entraba el padre director en mi aula del colegio salesiano. La misma señora que me había recibido casi tres horas antes me miró más o menos con la misma sorpresa que la primera vez, sólo que ahora, en lugar de la bata echada sobre los hombros, se había puesto una rebeca, y parecía haberse peinado y maquillado un poco.

—Anda, pero si es el chico de la máquina de escribir. —Ahora hablaba con menos burla y más indulgencia—. Pobrecito, yo pensaba que te habías ido.

—Ya me iba, señora —dije, como si haberme quedado tanto tiempo hubiera sido una desconsideración—. Se ve que don Ataúlfo no ha podido venir...

—Con él nunca se sabe. —La mujer se encogió de hombros e hizo un gesto de incertidumbre o desdén que le torció la boca; se veía que esos dos movimientos eran tan frecuentes en ella que se habían incorporado a su presencia física: tenía siempre la cabeza un poco hundida entre los hombros, y la boca algo torcida, con arrugas muy finas en el labio superior, manifestando un estado de ánimo fronterizo entre la amargura y la burla—. Él dice que es anarquista, y yo le digo, tú qué vas a ser anarquista, tú lo que eres es anárquico.

—Bueno, pues nada. —Yo quería irme y no sabía cómo decir correctamente adiós: si no salía corriendo de allí en el minuto siguiente y no orinaba donde fuera iba a gritar—. Si a usted le parece yo vuelvo mañana.

—¿Con la máquina? —El aire de guasa volvía a traslucirse en los labios.

—Si no pesa nada. —La levanté del suelo para demostrárselo—. Como es portátil.

Un poco más y la hubiera abierto para enseñarle su mecanismo. En esa época yo hablaba con cualquiera, a cualquiera podía contarle mi vida, tal vez porque pasaba demasiado tiempo sin hablar con nadie y me faltaba por completo la costumbre de la soledad. Algunas veces, cuando iba caminando desde la calle San Bernardino hasta la Ciudad Universitaria para ahorrarme el autobús, sin darme cuenta me ponía a hablar solo, y me acordaba de lo que dice mi madre, que se empieza hablando solo y se acaba de pensión completa en Los Prados, que era el manicomio que había antes en nuestra provincia. Hace años que lo cerraron, pero no ha desaparecido del vocabulario de mi madre. «Tú estás para que te lleven a Los Prados», me dice todavía, cuando me ve más distraído de lo habitual o cuando mi mujer le cuenta alguna rareza mía.

—Chico, no sé, como tú veas, lo mismo tarda en llegar cinco minutos que no aparece hasta mañana. —Los rasgos de aquella cara eran especialmente móviles: pasaban de la ironía a la benevolencia, del aburrimiento a la amargura, si bien el sentimiento que empezaba a preponderar en ella era el de la protección maternal.

—Señora, por favor —dije, temerariamente, desesperadamente, oprimiéndome la vejiga hinchada con los muslos, mirando enfrente de mí, porque habíamos salido al pasillo, una puerta que sin duda era la de un cuarto de baño—. ¿Le importaría que pasara al servicio?

Lo de pasar al servicio era en mi pueblo una expresión que denotaba a las personas más educadas. Una tía mía, hermana de mi madre, empezó a usarla cuando se casó con un funcionario del Ayuntamiento. Los pobres lo que decíamos era ir al wáter.

Obtenido el permiso prácticamente me abalancé contra la puerta del baño, y creo que en la incontrolable ansiedad de los procedimientos previos me mojé algo el pantalón. El de la micción es un deleite muy poco celebrado, pero todo aquel que padezca, como padezco yo, el contratiempo de la incontinencia, o que tenga una vejiga proclive al enfriamiento, estará de acuerdo conmigo en que hay pocos placeres que puedan comparársele no ya en duración y en frecuencia, sino en intensidad. Oriné con los ojos cerrados tan larga y ruidosamente como un mulo, comparación, aunque algo bruta, de una total exactitud. Me pareció que tras el caudal producido por mí se escuchaba el timbre del teléfono. Cuando salí del baño, transido de calma y felicidad, y no sin haber tirado de la cadena y limpiado con papel higiénico los bordes de la taza (ése fue uno de los consejos de mi madre antes de que me fuera a Madrid), la señora estaba hablando en el despacho, y enseguida me di cuenta de que hablaba de mí.

—Es Ataúlfo —me dijo, después de colgar, encogiéndose de hombros, con el gesto de quien ya no se sorprende de nada—. Que vayas urgentemente a Lhardy, con la máquina, que le haces mucha falta.

—Yo creo que la mejor estación de metro será la de Sol —dije, estupefacto, pero también resolutivo, contento de mostrar mi familiaridad con los nombres prestigiosos y la topografía de Madrid. A los escaparates de Lhardy solía ir yo a mirar manjares, como el que va a un museo a mirar cuadros.

—Nada de metro. —La señora me guiaba casi a empujones hacia la puerta y me ponía en la mano un billete azul de quinientas—. Menudo es ése cuando le entran las prisas. Ahí llevas para un taxi.

## III

Y así me vi de pronto como un potentado, como un reportero enviado en misión urgente, esperando un taxi en la Avenida de América y guardando bien apretado en el bolsillo un billete de quinientas pesetas, alzando la mano por primera vez en mi vida para llamar a un taxi, uno de aquellos milquinientos negros con una franja roja al costado que tenían algo de coches mortuorios y cuyos motores retumbaban con una poderosa sonoridad como de chapas blindadas. Llamé a un taxi con la torpe ineficacia de los principiantes, sin garbo, sin autoridad, sin precisión, de cualquier modo, y varios que iban libres pasaron a mi lado sin detenerse, yo no sé si porque aquél era un tramo particularmente desolado de la calle o por puro desdén hacia mi incompetencia: me faltaban minutos para conocer a mi maestro, Ataúlfo Ramiro Retamar, que llamaba a los taxis como nadie, con una autoridad de resultados fulminantes, citándolos desde lejos con una gallardía taurina, pero de torero de arte, sin filigranas ni aspavientos. Ataúlfo bajaba muy erguido de la acera y avanzaba dos pasos en la calzada con los hombros echados hacia atrás y la mano izquierda en el bolsillo, y apenas levantaba la derecha, o más exactamente los dedos índice y corazón de la mano derecha, cuando un taxi apagaba ya desde muy lejos la luz verde y se detenía rendidamente junto a él, como un animal violento que se humilla ante su domador.

—Por favor, lléveme a Lhardy.

Un taxista, por fin, se había dignado hacerme caso. Ahora que lo pienso no era un mal comienzo para mi carrera de usuario de los taxis, para la que tan dotado me sentí enseguida, y que tan prometedora parecía, pero que no llegó a durar. No estaba mal saltar velozmente al asiento trasero llevando una máquina portátil de escribir y ordenarle al taxista que lo condujera a uno a Lhardy, y era magnífico ver la noche de Madrid tras una ventanilla, cruzar las calles anchas y luminosas del barrio de Salamanca con el mareo de la velocidad y del tráfico, con el aturdimiento algo alucinatorio de la desnutrición. Como aún no conocía bien la ciudad toda ella era una sucesión de desconocimientos y de apariciones, y de pronto, al final de Serrano, vi la Puerta de Alcalá, más imponente de noche, a la luz de unos focos amarillos, y luego el taxi bajó como en una caída de montaña rusa hacia Cibeles y volvió a ascender por la calle de Alcalá hacia la Puerta del Sol. De no comer casi nada y de estar siempre solo vivía entonces en un trance perpetuo de levitación, entre despierto y dormido, rodeado, sobre todo de noche, en la negrura fría y resplandeciente de la noche de Madrid, por una media luz de sueño.

En la puerta de Lhardy un individuo de traje negro con corbata gris perla me preguntó sin descruzar los brazos que adónde iba, mirando de soslayo mi máquina como si fuera un bulto sospechoso. Tuve entonces la primera prueba del valor mágico del nombre de Ataúlfo: fue pronunciarlo y el guardián hostil se convirtió instantáneamente en guía solícito, y me condujo, dejándome siempre pasar delante de él, cosa que me ponía muy nervioso, por escaleras nobles y pasillos forrados de madera oscura y sedas suavemente estampadas en las que brillaba la luz de los quinqués, hacia el comedor privado donde me estaba esperando Ataúlfo.

El guía o mayordomo, ya en un grado de humildad lacayuna, me hizo una reverencia al abrirme la puerta para que pasara al comedor. Era pequeño, y estaba lleno de gente, de palabras, de risas, de humo de tabaco, de vapores de sopa, de un olor que me desconsolaba más aún el estómago y me exageraba la debilidad de las articulaciones en las rodillas, un olor entrañable, como dicen tanto ahora en la televisión, sorprendente de tan familiar y tan antiguo, denso, alimenticio, caliente, el olor glorioso del cocido, que yo llevaba dos meses sin probar.

Pero en realidad no había tanta gente ni tanto humo en aquella habitación. El hambre no sólo distorsionaba las percepciones: también, por efecto de ella, se saturaban muy fácilmente los sentidos, y es tal vez por eso por lo que me perdía con tanta frecuencia en un estado de irrealidad, estupor y confusión. Tres personas hablando producían el fragor de una multitud. En un vagón de metro me sentía lanzado a la velocidad del sonido. Había cuatro hombres y una mujer en la habitación, sentados alrededor de una mesa con mantel blanco y brillos de porcelana, de cristalería y de plata. Uno de los hombres iba vestido de *clergyman*, llevaba colgado al cuello un escapulario o una medalla, tenía gotas de sudor en la frente y estaba fumando un puro, detalle este último que me pareció de una vaga incongruencia. De la mujer recuerdo un moño ampuloso y menos rubio que amarillo, unas pestañas exageradas y pintadas y un crucifijo de Dalí que temblaba ligeramente sobre las amplias blanduras pecosas del escote. Del hombre sentado junto a ella apenas puedo vislumbrar una boca abierta y llena de comida y una servilleta blanca bajo la papada. Al último que vi, porque se había puesto de pie para recibirme, fue a Ataúlfo. Como suele ocurrir, no se parecía en nada a lo que yo había imaginado, no tenía el menor aspecto de solemnidad ni de autoritarismo jurídico. Era alto, ancho, desgarbado, con la cara llena y una tripa poderosa de cervezas y whiskies tensándole el cinturón, con una corbata extravagante y torcida, anticuada entonces, porque era de nudo fino, con un traje gris de pantalón discretamente acampanado, con el pelo negro y echado hacia atrás sobre las orejas y más largo en la nuca de lo que uno podía esperar viéndolo de frente. Tenía unas gafas de montura negra, unas patillas audaces y un bigote fino como de principios de los años sesenta. Llevaba en la mano izquierda un cigarrillo rubio y un vaso largo de whisky y cuando se echaba a reír sus ojos y sus labios se convertían en líneas oblicuas. Con su otra mano apretó fuertemente la mía y me presentó a los demás como si él y yo ya nos conociéramos:

—Aquí os presento a mi mecanógrafo de guardia.

—Qué majo. —La mujer me dedicó la ineludible mirada de compasión maternal—. Pero si es casi un niño.

—Pues a ver si despabila y acabamos pronto y podemos proceder a los garbanzos, que se van a enfriar —dijo el clérigo: tenía toda la pinta de ser un impostor, un desaprensivo disfrazado de clérigo, o un actor mal caracterizado en una mala película, con las sienes empolvadas de blanco.

—Que sirvan, que sirvan —interrumpió el gordo de la boca abierta, que la tenía llena de pan—. Y mientras Ataúlfo que le vaya dictando al escribano.

—Escribano, qué palabra más rara —dijo la mujer, aún sonriéndome: al echarse hacia adelante se le ahuecaba el escote y no había modo de apartar los ojos o de fingir que se miraba a otra parte—. ¿No es antigua?

—Antigua y señorial —terció el gordo, con una risa ahogada.

Un camarero trajo, por orden de Ataúlfo, una mesa más pequeña, y hasta un rimero de folios y varias hojas de papel carbón, y luego otros dos empezaron a servir platos de cocido, y mientras yo oía comer y beber Ataúlfo me dictaba inacabables frases jurídicas llenas de subordinaciones, gerundios, cláusulas y considerandos que hubieran dejado exhaustas las reservas pulmonares de cualquiera que intentase leerlas en voz alta. Ataúlfo me dictaba de pie, dando vueltas alrededor de la mesa, sosteniendo ahora en la mano izquierda, aparte del cigarrillo, no un vaso de whisky, sino una copa de vino tinto. Dictaba gerundios y hectáreas y nombres de fincas y cifras de dinero tan barrocas como sus construcciones gramaticales, y de vez en cuando se interrumpía para consultar un papel arrugado que sacaba del bolsillo o solicitar asentimiento de alguno de los comensales, para encender otro cigarrillo o llenarse la copa de vino tinto. Al cabo de un rato yo ya estaba tan mareado de números y de retorcimientos sintácticos y olía tan cerca y tan inalcanzablemente el cocido que contra toda costumbre los dedos se me enredaban sobre la máquina y tenía que mirar el teclado para escribir. Cada vez que uno de ellos se servía un poco más de cocido yo escuchaba el sonido blando y suave de los garbanzos cayendo sobre el plato...

—Y en prueba de conformidad —dijo Ataúlfo en voz más alta, triunfalmente, y al volverme hacia él vi que hacía un ademán como de director de orquesta atacando los instantes finales de una sinfonía— leen y firman en Madrid, a dieciséis de febrero de mil novecientos setenta y cuatro.

—Después de Cristo —dijo el gordo, atragantándose de risa.

Saqué los últimos folios de la máquina y los separé con cuidado de las hojas de papel carbón, procurando no mancharlos de negro. Ordené las cuatro copias y Ataúlfo las revisó por encima y se las fue pasando a los demás. «Qué bien escrito», dijo la señora, «y qué limpio». El clérigo, que tenía un anillo con una piedra roja, se estaba escarbando la boca con un mondadientes. Al terminar su aseo, mientras leía la copia del documento, chupaba el palillo con la misma fruición que si apurara un manjar sabroso. En el centro de la mesa, en un gran recipiente de plata, aún quedaba una cantidad ingente de cocido, de un cocido tan feraz como la sintaxis de Ataúlfo, con grandes trozos de morcilla, carne oscura de vaca, pechugas de pollo, muslos morados y musculosos de gallina, lonchas suculentas de tocino, todo reluciendo bajo la lujosa luz del comedor como un bodegón, o como uno de esos platos que aparecen ahora fotografiados a todo color en las revistas de gastronomía. Desde el triste bocadillo de foie-gras de mi almuerzo habían pasado siete horas.

Mientras ellos firmaban me quedé de pie, como un camarero. Si entornaba los ojos durante un segundo notaba que me caía hacia adelante, y cuando volvía a abrirlos no estaba seguro de si lo que veía era real o lo estaba soñando. Firmaron, volvieron a llenar copas de vino y brindaron chocándolas estrepitosamente, alguien dio una palmada y entraron varios camareros trayendo carros de postres, botellas de licores y cubos de hielo. Los camareros, al pasar, me apartaban a codazos, y deslizaban justo a la altura de mi cara las bandejas de comida. Entonces Ataúlfo, que desde la firma del documento permanecía ostensiblemente al margen de los otros, se me quedó mirando y me preguntó en voz baja:

—Oye, ¿tú has cenado?

—Algo he picado por ahí.

—O sea, que estás en ayunas.

—Pues sí señor.

Yo creo que me había visto tambalearme un poco y palidecer, y aunque comprendía que no era de buena educación aceptar a la primera que unos desconocidos me invitasen a cenar, me flaquearon las fuerzas morales, y no quise pensar en lo que habría dicho mi padre si pudiera verme unos minutos después, cuando un camarero trajo un plato limpio y un cubierto y me sirvió primero un tazón de sopa que apuré en segundos, sin levantar apenas la cabeza y haciendo posiblemente mucho ruido, y luego un plato de garbanzos que según una etiqueta que me chocó bastante había que comer con tenedor, y no con cuchara, como los hemos comido siempre en mi pueblo. El propio Ataúlfo me sirvió vino en una copa de cristal con dibujos como de bordados, un vino tinto que tenía un resplandor de ascua o de piedra preciosa y un sabor que no llegué entonces a apreciar, porque bebía el vino con la misma urgencia automática con la que me había tomado la sopa, y a continuación, limpiándome someramente la boca con una servilleta, me engolfaba otra vez en el cocido, en los garbanzos más suaves y gustosos que yo hubiera probado nunca y en la delicia de la ternera, del pollo, de la morcilla y el tocino. La copa de vino tinto volvía a estar llena frente a mí: al adelantar la mano hacia ella me di cuenta de que todos, a mi alrededor, habían dejado de hablar y de comer y me estaban mirando, y bajé los ojos hacia mi plato, abrumado de vergüenza, y vi que no quedaba en él ni un residuo de comida.

—A ver si va a sentarle mal, que el cocido es recio por la noche —dijo el clérigo, que volvía a fumar un puro y acariciaba el cristal curvo de una enorme copa de coñac—. De grandes cenas...

—Qué manera de comer —dijo el gordo, conteniendo la risa: parecía que siempre estaba a punto de estallar en una carcajada—. Parece mentira, Ataúlfo, que siendo tú tan rojo tenga tanta hambre tu escribano.

—Ni rojos ni blancos. —El clérigo sacudió el humo del puro con un ademán enérgico—. Todos españoles.

—Dejadlo que coma, que a esa edad todavía están desarrollando. —La señora se ponía invariablemente de mi parte: ahora le percibía en la voz un deje sudamericano—. ¿No vas a querer un postrecito?

Dije que no, pero me insistieron y no supe resistir, aunque tenía ya muy hinchado el estómago y volvía a morirme de ganas de orinar, y después de una tarta de chocolate y crema tostada me tomé un café, y después del café el hombre del *clergyman* insistió en que me pusieran una copa de coñac, y hasta acepté de no sé quién un puro corto y panzudo que ya acabó de marearme, pues no tenía mucha costumbre de fumar, y las veces que lo había hecho, en mi pueblo, había sido más que nada por no darle una impresión de afeminamiento o falta de carácter a mi amigo Ramonazo. Estábamos celebrando algo que yo no sabía lo que era, algo que según deduje les haría ganar mucho dinero al clérigo, al gordo y a la mujer del escote, y Ataúlfo había sido el mediador o asesor en aquel negocio del que al fin y al cabo también yo, en mi indigencia, resultaba ser beneficiario.

De vez en cuando, mientras comía tarta o intentaba hacer que ardiera el puro, yo miraba a Ataúlfo de soslayo, y él estaba observándome a mí, o bien un poco ausente, sin agregarse ya a las efusiones de los otros ni hacer caso a las bromas sobre su ideología, un poco sudoroso, con el mechón caído sobre la frente, con las piernas separadas en una esquina de la mesa y sosteniendo su largo vaso de whisky y su cigarrillo rubio, siempre en la misma mano, la izquierda. Es así como lo he recordado todos estos años, en la actitud inmutable que tenía entonces, y que no cambió ni al final de su vida, cuando le prohibieron el tabaco y el alcohol sin que él hiciera ningún caso, intuyendo tal vez que de un modo u otro la ruina de su salud no tenía remedio. El cigarrillo americano de contrabando entre el índice y el corazón, la copa sostenida por el anular y el meñique y sujeta por el pulgar, y la mano derecha libre para las gesticulaciones, las palmadas, los puñetazos dialécticos sobre las barras de los bares, el gesto rápido de firmar un cheque, el de llamar a un taxi o el de sacar un billete de mil pesetas del bolsillo del pantalón, pues no llevaba cartera ni monedero.

Un rato antes me caía de hambre: ahora, cuando todos nos pusimos en pie, me caía de hartazgo y de sueño. El gordo se despidió de mí sacudiéndome enérgicamente la mano, diciéndome algo sobre las luchas y las esperanzas de la juventud, que eran, según él, la parte más bonita de la vida. El clérigo, aunque con la cara roja, adoptó conmigo una frialdad de jerarquía eclesiástica, mirándome como muy desde el interior de sus ojos. En cuanto a la mujer, cuyo escote emergía ahora, aún más opulento y más blanco, de un abrigo de pieles, me pellizcó la cara, volvió a decir que yo era un niño y me besó en los labios, dejándome en ellos un rastro cremoso de carmín y el rápido escalofrío de la lengua. Un camarero vino a decir que el coche de los señores estaba esperando abajo. Antes de irse, cuando ya se oían por el corredor los pasos de los otros, la mujer se volvió hacia Ataúlfo y le dijo algo que yo no llegué a escuchar, aunque advertí que le apretaba fugazmente una mano. Ataúlfo se quedó un instante parado junto a la puerta de vaivén, pero enseguida salió de su ensimismamiento y le pidió un whisky a uno de los camareros que recogían la mesa. Antes de que se fuera lo llamó:

—Ah, y otro para el chico.

—¿De uno más corriente? —dijo el camarero, evaluando de un vistazo mi estatura social.

—De malta, como el mío.

De modo que aquella noche no sólo conocí la emoción de viajar en taxi, el cocido de Lhardy, la proximidad de los ricos, el vino de la Rioja, los puros Rey del Mundo y el coñac francés: también probé por primera vez el whisky de malta, que tantas ocasiones de recóndita y bien administrada felicidad me sigue procurando en la vida, las pocas veces en que me puedo permitir la adquisición de una botella.

Estábamos solos Ataúlfo y yo, cada uno a un lado de la mesa tan grande, él ejerciendo la sabiduría de fumar y beber con una sola mano, yo olvidándome de que el whisky no se bebía a tragos tan largos como la cerveza y fingiendo que me gustaba fumar, por no hacerle el feo de rechazarle un cigarrillo, intimidado por su presencia, incluso por la de los camareros, por las maderas nobles y los grabados ingleses de los muros, extraviado ya en la irrealidad absoluta, charlatán y beodo, contándole mis planes de convertirme en periodista, pero no la penuria negra de mi vida en Madrid. Me acordé del billete de quinientas que me había dado su mujer, pero él no aceptó las vueltas, incluso me pidió que le dijera cuánto me debía. Antes de que yo pudiera contestarle había sacado un puñado de billetes del bolsillo y dejaba ante mí uno de mil pesetas: el cuarto de la pensión me costaba mil seiscientas al mes, y cincuenta una comida de dos platos y postre en un restaurante barato, de modo que entre esas mil pesetas y las vueltas del taxi yo había ganado en un rato el dinero necesario para mantenerme al menos quince días.

Bajamos a la calle y el aire helado de la noche me devolvió una cierta lucidez, si bien no la suficiente como para contar las campanadas en el reloj de la Puerta del Sol y saber qué hora era. Le dije a Ataúlfo que me iba a mi pensión, y que cuando me necesitara no tenía más que llamarme, pero se lo dije tan bajo que no me oyó, y cuando iba a repetirlo más alto y con la voz más clara vi que alzaba la mano derecha y que un taxi se detenía casi instantáneamente en la acera delante de nosotros. Ataúlfo abrió la puerta trasera invitándome a pasar delante de él.

—Y ahora tú y yo nos vamos a tomar otra copa a la salud de esos cabrones que nos han pagado la cena, y que a mí me dan el cargo de conciencia de hacerme ganar tanto dinero. He dicho.

Y se desplomó dentro del taxi, a mi lado, cerrando de un portazo, limpiándose apresuradamente los pantalones y la pechera de la camisa, porque la ceniza del cigarrillo se le había desprendido y empezaba a notarse un alarmante olor a tela quemada.

## IV

Viajábamos en taxi a barrios de Madrid en los que yo no había estado nunca, o que se volvían irreconocibles de noche, en la geografía medio clandestina de los bares de alterne o de las tabernas suburbiales donde camareros de camisas remangadas recibían a Ataúlfo diciendo «Salud» y se recluían con él en reservados o sótanos a los que yo no siempre tenía acceso, igual que más de una vez, mientras él desaparecía con una chica tras la cortina de un club, yo me quedaba en la barra, bebiendo un whisky y llevando el ritmo de la música con los dedos, sobre un forro de eskay en el que las mujeres apoyaban los codos cuando se me acercaban para pedirme fuego o para ofrecerme un cigarrillo. Mujeres de largas faldas-pantalón acampanadas, de escotes profundos, de espaldas desnudas, de peinados altos y rígidos o melenas felinas que les bajaban por los hombros y cuyos colores sintéticos fosforescían bajo las luces turbias de los clubes. Yo solía ir con mi máquina, o con un libro bajo el brazo, y nada más bajar del taxi detrás de

Ataúlfo y ver la puerta cerrada y el letrero luminoso donde parpadeaba el nombre del local ya empezaban a darme palpitaciones provocadas por una mezcla de pavor y deseo, de pavor sobre todo, de un miedo absoluto a lo desconocido, y también de una atracción más intensa de lo que yo era capaz de confesar y que se hacía mucho más fuerte cuando Ataúlfo tocaba el timbre, se oía el roce de una mirilla y luego se abría una puerta y salía hacia nosotros el aire caliente de terciopelos sintéticos, de ambientadores y perfumes, aquel olor único de los clubes nocturnos de entonces, que no sé si es el mismo de los de ahora, porque va a hacer veinte años que no piso ninguno. Al cabo de unas pocas visitas a los clubes preferidos de Ataúlfo, las chicas, que al principio me hacían sugerencias eróticas, dejaron juiciosamente de verme, y se limitaban a mantener conmigo castas conversaciones que solían versar sobre los libros que yo llevaba bajo el brazo, y que tampoco daban mucho de sí, aun cuando alguna de ellas mostraba afición a la lectura, pues no era infrecuente que me preguntasen el título y que yo contestara, con la desesperada antipatía de la timidez: «Materialismo y empirocriticismo», por ejemplo, o «Manuscritos de economía y filosofía».

Pero entraba Ataúlfo y se abrazaban a él, le acariciaban el pelo largo de la nuca, le ofrecían un whisky y al servírselo le preguntaban si quería agua y él respondía siempre, provocando siempre la misma carcajada:

—¿Agua? No, por favor, todavía no voy a lavarme.

Tras la última copa y el último club —acabábamos por lo general en uno que se llamaba Azul— solía quedarse muy callado, y caminaba lento por la acera hasta la esquina donde llamaba a un taxi, con la corbata torcida y el mechón despeinado, con el cigarro en la boca y las llaves de su casa tintineando melancólicamente en un bolsillo. Durante un rato era como si no me viera, como si se hubiera olvidado de que yo iba con él. Pero si no estaba muy bebido revivía en el taxi: recuerdo sus diatribas anarquistas, su imprudencia absoluta, pues era bien sabido que la mayor parte de los taxistas trabajaban de confidentes para la Policía, sus disertaciones brillantes y arbitrarias sobre la perversidad innata de toda organización estatal, lo cual le hacía odiar el comunismo tan violentamente como odiaba el franquismo, incluso tal vez un poco más. Igual que muchos anarquistas, tenía alarmantes irresponsabilidades ideológicas que lo llevaban a elogiar las ideas sociales de José Antonio Primo de Rivera, o la aproximación a Falange que según él había emprendido Ángel Pestaña cuando empezó la guerra, después de la cual el padre de Ataúlfo, dirigente confederal en Madrid y amigo personal de Buenaventura Durruti, había pasado muchos años de prisión. Parecía, escuchándolo, que los comunistas habían sido más culpables que Franco de la pérdida de la guerra, y yo, que era un marxista pusilánime y más bien imaginario, pero muy riguroso, de estricta observancia, por así decirlo, intentaba llevarle la contraria a Ataúlfo, pero era imposible, no sólo porque él tuviera mucha más experiencia y más astucia dialéctica que yo, sino porque era invulnerable a cualquier forma de lógica, lo mismo en sus convicciones políticas, o antipolíticas, como él decía, que en su vida personal, y también porque su verbosidad de abogado era inagotable, y le permitía disertar con igual brío en cualquier circunstancia y sobre cualquier cosa, fuese ésta el peligro de una alfabetización universal dictada por pedagogos comunistas o la conveniencia de enviar naves tripuladas a Marte.

Como patrono era espléndido, pero también arbitrario, y podía olvidarse de pagarme durante varias semanas o desaparecer de su casa y de Madrid sin dejar huellas. Pero tan inesperadamente como desaparecía volvía a aparecer, y me mandaba un recado de máxima urgencia a la pensión, y yo tenía que coger mi máquina y salir corriendo en busca de un taxi que me llevara a su casa de la Avenida de América o a cualquiera de los lugares peregrinos en los que se reunía con sus clientes, y que lo mismo podían ser un restaurante chino de Embajadores que la biblioteca abrumadora y sombría de un anciano espectral recluido en un piso inmenso de la calle Serrano. Yo acudía siempre con la misma prontitud, pero él había veces que se retrasaba mucho, o que directamente no se presentaba, dejándome en situaciones difíciles o abiertamente desastrosas: una tarde de marzo me dio cita a las seis y media en un chalet de Arturo Soria, y cuando llegué, al cabo de un viaje de más de media hora, como yo no tenía dinero, le dije al taxista que esperase un momento, que enseguida volvía. Pero llamé a la puerta del chalet y aunque se oyó a un perrazo ladrando en el interior y arañando la puerta nadie vino a abrirme, y Ataúlfo no apareció, y el taxista, imaginando que todo era una trampa mía para no pagarle, bajó del coche y vino hacia mí diciéndome unos improperios que me hicieron enrojecer de vergüenza y transfigurándose a cada instante, a cada injuria que decía, en ese tipo de bestia que abundaba tanto entonces, la bestia bronca y fascista, el español congestionado de soberbia y de rabia que al menor contratiempo esgrimía en público un carnet de falangista o una pistola. Me pidió el carnet, me dijo que era amigo personal de un policía de celebridad siniestra al que llamaban Billy *el Niño*, estuvo a punto de arrebatarme la máquina de escribir. Con un nudo en la garganta, con las piernas temblando, porque nunca he podido soportar que me trataran con violencia, corrí sin saber hacia dónde y tuve la suerte de encontrar un callejón demasiado estrecho para que el taxista pudiera seguirme. Me refugié en el cobertizo de un jardín abandonado, abrazando muy fuerte mi máquina de escribir, y sólo me atreví a salir al cabo de casi media hora, cuando empezaba a oír sobre el techo de uralita el golpeteo de la lluvia. En el chalet donde me había citado Ataúlfo seguía sin haber nadie, y el perro, al otro lado de la puerta, arañaba y ladraba con más furia al escuchar el timbre. No tenía para el metro: llegué a la pensión después de las diez de la noche, empapado y hambriento, con los pies doloridos por la interminable caminata desde las lejanías del norte de Madrid, pero sin que mi máquina, a pesar de la lluvia, hubiera sufrido el menor desperfecto. A los pocos días, cuando le conté en su casa lo que me había pasado, Ataúlfo urdió rápidamente una disculpa, pero se le notaba mucho que estaba inventando, que tal vez se le había olvidado la cita en el chalet de Arturo Soria, de modo que acabó rindiéndose, más por pereza que por sinceridad:

—Mira, chico, qué quieres que te diga, la vida no es una ciencia exacta, como las matemáticas.

A esas alturas del curso yo apenas iba por la Facultad: mi única relación sostenida con el mundo, con aquel resumen aterrador y excitante del mundo que era Madrid, la establecía a través de Ataúlfo, que me mostraba anchuras y profundidades de la ciudad que sin él jamás habría conocido, y si alguna mañana, nunca a primera hora, me presentaba en clase, en alguna de aquellas clases absurdas de Teoría de la Información o Elementos de Comunicología, mi sentimiento habitual de encontrarme al margen, de ser un indigente entre todos aquellos hijos de familia que tomaban apuntes y se paseaban con un libro de Umberto Eco o de Roland Barthes bajo el brazo, se matizaba ahora con un punto de superioridad, casi de secreta chulería: gracias a Ataúlfo yo estaba conociendo la más cruda, la más secreta realidad, esa realidad no desfigurada por ideologías y literaturas que fascina tanto a los literatos, y el ambiente de las aulas y del bar de la Facultad, que hasta entonces me había parecido amargamente inaccesible, ahora se volvía irrisorio y pueril, y las asambleas en las que nunca me atrevía a pedir la palabra y las carreras ante los caballos de los grises que antes se me antojaban épicas empezaron a mostrarme su menesterosa impotencia, su cualidad de escaramuzas casuales elevadas a insurgencias revolucionarias por el entusiasmo inepto y automático de la prensa clandestina, de desplantes minoritarios y perfectamente inocuos para la dictadura, tan ridículos como las discusiones en que nos enredábamos mi amigo Ramonazo y yo para decidir si después de la revolución España habría de llamarse República Popular, como quería él, o República Democrática, como me gustaba a mí, que por algún motivo perfectamente imaginario prefería la seriedad comunista alemana a las unanimidades oceánicas de los soldados chinos agitando el *Libro Rojo* de Mao, libro que cuando tuve por primera vez entre las manos, no sin un estremecimiento de clandestinidad, me recordó por su formato, por el color de las tapas, por el papel biblia y por la solemnidad simplona de los aforismos, al entonces célebre *Camino,* de monseñor Escrivá de Balaguer, si bien esto me guardé mucho de decírselo a Ramón.

Recuerdo el miedo opresivo a los jeeps de los grises patrullando por la Ciudad Universitaria: las palas de un helicóptero que sobrevolaba las arboledas y los edificios de ladrillo rojizo, los cascos y los relinchos de los grandes caballos alineados frente a la puerta de la Facultad, una mañana en la que nos habíamos agrupado irrespirablemente en el vestíbulo después de una asamblea y nos disponíamos a salir en manifestación hacia el Rectorado. Era, acabo de darme cuenta, el día en que se supo que habían ejecutado al anarquista catalán Salvador Puig y a un confuso delincuente húngaro o polaco que se llamaba Heinz Chez. Me levanté y sin pararme a desayunar bajé a comprar el periódico y allí estaba la noticia, sin titulares siquiera, en una esquina inferior de la primera página, la notificación siniestra y administrativa de que se habían cumplido las penas de muerte dictadas por los tribunales, una en Madrid y la otra en Barcelona, y las dos a garrote vil, como en los tiempos de Fernando VII.

Era el año 74, ya digo, hace nada, veinte años, y todavía quedaban serenos en Madrid, verdugos a la antigua y pelotones de fusilamiento, y uno se imaginaba a Franco, el Enano del Pardo, como le decían en la Radio Pirenaica, firmando una sentencia de muerte con mano temblona y pergaminosa de viejo terminal, y oyendo misa y comulgando a continuación. Me hervía la sangre, subía por la calle Princesa en dirección a Moncloa y se me saltaban las lágrimas, de rabia, de desesperación, de rebeldía enconada y furiosa, de puro aburrimiento, pero apartaba los ojos del periódico donde aquellos dos asesinatos no ocupaban más que un pequeño recuadro y miraba a mi alrededor y a nadie parecía que le importara nada, estaban abiertas las tiendas y las oficinas, la gente entraba y salía de las bocas del metro, las grúas y las excavadoras y las cuadrillas de albañiles con cascos de plástico brillante se afanaban levantando en un solar inmenso los cimientos y las primeras armazones de una nueva sucursal del Corte Inglés, los estudiantes hacían cola en las paradas de los autobuses azules que llevaban a la Ciudad Universitaria, mansos como ovejas, pensaba yo, odiándolos, embrutecidos por la ignorancia, por el consumismo, por la televisión, abotargados por el hábito de la obediencia, vigilados de lejos, con un cierto descuido, por los jeeps de los grises, que esa mañana eran un poco más visibles, pero tampoco mucho, como si la Policía les quitara de antemano toda importancia a los posibles disturbios.

La asamblea había votado por mayoría salir en manifestación desafiando a los guardias a caballo. Había un enrarecimiento de miedo y de muchedumbre en el aire, una inminencia de fatalidad, al menos en algunos de nosotros, o en uno solo, en mí, que me debatía entre la rabia a la dictadura y el terror a ser golpeado o detenido, que ya me sentía arrastrado de antemano por el empuje de aquella multitud en la que estaba preso, que se agitaba como un organismo y se expandía contra las paredes de cemento de la Facultad y contra las puertas de cristales, que tal vez bajo la fuerza colectiva y ciega del próximo empujón saltarían en esquirlas. Era un Madrid gris el que yo recuerdo, gris de invierno, de edificios con las fachadas de granito ensuciados por el gris más oscuro del humo de los coches, gris de uniformes, de jeeps y autocares, de cascos y capotes impermeables de aquellos policías a los que llamábamos los grises.

Se abrieron de par en par las puertas de cristales y la muchedumbre del vestíbulo retrocedió. Vi a mi alrededor caras mayoritariamente masculinas, vestidas de oscuro, con abrigos y trencas y pantalones de pana, con cabellos largos y barbas. Sobre las cabezas, al fondo, alcancé a vislumbrar la alta línea musculada de los caballos de los grises, y encima de ellos, de las cabezas óseas y brutales, alzadas y sujetas por bridas de cuero negro, aparecían idénticas y tranquilas las facciones de los guardias protegidas por viseras de plástico blindado, los mentones ceñidos por barboquejos negros, del mismo color negro que las botas y las largas pértigas que usaban luego para golpearnos desde las estaturas aterradoras de los caballos.

Las puertas empezaron a abrirse provocando en la gente, silenciosa de pronto, una ondulación de retroceso. Alguien dijo a mi lado: «Han advertido que si salimos cargarán.» Una parte de mí, irreductiblemente alojada en el estómago, en las náuseas que provocaban el amontonamiento y el miedo, quería marcharse de allí aunque fuese a codazos, esconderse en un aula desierta, en el interior de un retrete, cerrar los ojos y taparse los oídos y no saber nada de los caballos ni del ruido metódico del helicóptero que volaba muy bajo sobre la Facultad, tan bajo que desde el interior veíamos agitarse las copas de los pinos. He dicho que tenía el miedo alojado en el estómago, pero también lo notaba en la vejiga, en un deseo furioso de orinar, y tal vez por eso me imaginaba tan vivamente el refugio de un cuarto de baño. Pero había otra parte, creo ahora que la más volátil, la que de verdad era menos mía, que se impacientaba por salir a la calle y enfrentarse a los grises, por unir su voz ronca a las voces que habían empezado a gritar rítmicas consignas, repitiéndolas cada vez más rápido, a medida que se acercaba el momento de salir, que los guardias tiraban con más fuerza de las bridas haciendo que los caballos levantaran encabritados las cabezas y las patas delanteras y que se escuchaban más cerca las palas del helicóptero:

*Fuera la Policía de la Universidad.*
*Fuera la Policía de la Universidad.*
*Fuera la Policía de la Universidad.*

Yo también gritaba, y eso que me ha dado siempre mucha vergüenza unirme a cualquier celebración colectiva, por culpa de un invencible sentido del ridículo, yo gritaba cada vez más rápido y era empujado hacia el exterior por el río de gente que hacía temblar las puertas de vidrio de la Facultad y que al final las rompió en una granizada y un diluvio de cristales agudos, y no sólo gritaba, sino que también levantaba y agitaba el puño derecho, y oía el silbato histérico del oficial que mandaba a los grises y los relinchos de los caballos que un segundo antes se habían alzado ante mí como un muro de agua coronado por feroces espumas y que ahora galopaban detrás de nosotros, y de pronto no podían seguirnos, ahora me acuerdo, porque un fogonazo de normalidad había irrumpido en medio de aquel desastre, y era que los estudiantes habíamos cruzado en masa la Avenida Complutense con el semáforo en verde para los peatones, y que cuando los caballos se lanzaron a la calzada la luz había cambiado al rojo y el tráfico les impedía seguirnos...

Aprovechamos esos segundos de ventaja para agruparnos al otro lado de la avenida, junto a un terraplén por el que se ascendía hasta la Facultad de Farmacia, y algunos de nosotros (yo, aunque parezca mentira, entre ellos) cogimos piedras o adoquines mientras seguíamos corriendo y empezamos a arrojarlos contra los jinetes que ya estaban cruzando la calzada, aprovechando el cambio del semáforo. El helicóptero volaba cada vez más bajo, nos atronaba los oídos y nos envolvía en turbiones de aire, y yo vi que la gente, alrededor mío, corría muy inclinada, como si luchara contra el viento, y que muchos se cubrían con las solapas de los abrigos y las capuchas de las trencas: «¡Tapaos las caras, que hacen fotos desde el helicóptero!», gritó cerca de mí un barbudo que se protegía con una carpeta, y que con la otra mano lanzaba pedradas certeras contra los caballos de los grises.

Corríamos hacia no sé dónde entre los árboles, atropellándonos los unos a los otros, escuchando ahora por encima de todo, de los relinchos, los gritos y el motor del helicóptero, nuestras respiraciones sofocadas, y de pronto nos vimos corriendo hacia un callejón sin salida, entre dos muros muy altos de ladrillo rojo, y al volvernos ya no vimos a los caballos, sino un gran autocar gris que se nos acercaba muy despacio, sin ruido, con una solemnidad temible, y a ambos lados del autocar guardias a pie que llevaban los bajos de los pantalones remetidos en las botas, y camisas y pantalones de faena en vez de las chaquetas abotonadas de arriba abajo y los zapatos negros de los guardias normales: quienes nos perseguían ahora, quienes estaban cerrándonos el paso, eran los antidisturbios, con las viseras de los cascos bajadas, los escudos al costado y las porras agitándose como sables recién desenvainados. Ya no se oían las palas ni el motor del helicóptero y ninguno de nosotros gritaba: lo que oíamos eran las pisadas de las botas de los grises sobre la grava, el silbido de las pértigas negras que agitaban en el aire como sables y los insultos increíblemente procaces que nos dirigían, sin duda para exacerbar su propia furia y nuestro miedo. Hay cosas que uno no puede inventar ni olvidar: el crujido de aquellos pares de botas negras, el callejón de altos muros rojos que se cerraba delante de nosotros, las voces de aquellos hombres que nos dirigían las palabras más sucias de la lengua española mientras se nos acercaban acompasadamente, bajándose las viseras de los cascos, levantando poco a poco las porras como en un ademán estatuario de carga de caballería.

Ya no seguíamos corriendo, los quince o veinte de nosotros que habíamos tenido el acierto de huir hacia un callejón sin salida. Yo miraba acercarse a los antidisturbios, la espalda contra la pared, la respiración sofocada, apretando los muslos para no orinarme, oyendo ahora no sólo las voces roncas y brutales, sino también los jadeos de aquellas estatuas animadas que más que aproximarse crecían hacia mí. Entonces tuve uno de los pocos golpes de suerte de mi vida, que en conjunto, hasta ahora, ha tendido más bien hacia el infortunio: la pared contra la que yo me apoyaba cedió, y vi como en un sueño que caía de espaldas sobre una superficie muy fría, que alguien me arrastraba, que una puerta de barrotes metálicos y cristal escarchado se cerraba delante de mí, amortiguando las interjecciones y los gritos de los policías, y convirtiendo la figura de uno de ellos en una sombra que ahora se movía en el cristal y lo golpeaba con tal saña que unos segundos después, cuando yo corría pasillo adelante arrastrado por alguien, se rompió escandalosamente a mis espaldas.

No llegué a ver la cara del que me había salvado, y si hablé con él lo olvidé por completo después de aquellos minutos de terror. Recuerdo unas gafas, una barba castaña, una bata blanca, un pasillo largo y muy oscuro, con suelo de linóleo, un aula o un laboratorio donde no había nadie y desde donde se escuchaban sirenas. Ya no me molestaba la vejiga, pero tenía una mancha grande y vergonzosa en los pantalones, como una vez, cuando era niño, que me quise colar en el cine de verano y me atrapó el portero, y me oriné justo cuando su manaza me apresaba el cogote.

Por la tarde, aunque él no me había llamado, me presenté en casa de Ataúlfo. Estaba enfermo, me dijo su mujer, que ya había empezado a mirarme con recelo, como a un cómplice precoz en las calaveradas de su marido. Estaba enfermo, pero sus enfermedades, que eran tan arbitrarias y tan variadas como el resto de sus ocupaciones (padecía prácticamente de todo, aseguraba, salvo de impotencia sexual), constituían otra variante de su vida social, y él las aprovechaba para recibir a sus clientes y a sus amigos en la cama, donde adoptaba un abatimiento pensativo, una magnificencia episcopal o nobiliaria. Él, que estrechaba con tanta fuerza las manos, cuando estaba convaleciente extendía la suya como para que le besaran un anillo, y lo más raro de todo era ver desocupada y ociosa la izquierda, yaciendo sobre la colcha en vez de sostener una copa y un cigarrillo. Cuando yo iba a entrar en su dormitorio salió de él un hombre canoso y fornido, de unos sesenta años, que me miró con una expresión perfectamente vacía en los ojos, como si viera a través de mí el papel pintado de la pared. Unos segundos después me di cuenta de que era el clérigo al que yo había visto en Lhardy, sólo que ahora iba de paisano.

Sobre la mesa de noche, en el suelo, encima de la colcha, había papeles jurídicos y cuadernillos de periódicos. Ataúlfo, al principio, estuvo un poco ausente, sin atender del todo a lo que yo le decía. Entonces, recién llegado a Madrid, también me llamaba mucho la atención el poco caso que me hacían los demás cuando yo les hablaba, o lo fácilmente que se distraían. Me dijo que había ido a visitarlo su médico, un camarada libertario y homeópata que era el único miembro de aquella profesión delictiva en el que confiaba: el médico le había hecho prometer que abandonaría el alcohol y el tabaco, y él, hombre de palabra, como anarquista que era, pensaba cumplir a rajatabla lo que había prometido. Le hablé de la manifestación de aquella mañana, y aunque notaba que no parecía interesarle mucho proseguí hasta el final, porque iba a morirme de pena si no lo contaba todo cuanto antes. Sólo salió de su aturdimiento cuando pronuncié el nombre del anarquista ejecutado, Salvador Puig Antich, al que acusaban, sin pruebas, de haber disparado mortalmente a un policía. Ataúlfo se incorporó en la cama, y yo me estremecí al ver que sus ojos, más grandes y más hinchados sin las gafas, se llenaban de lágrimas. Rápidamente las limpió con un pañuelo, haciendo como que lo que se limpiaba era la nariz, y me indicó con un gesto que cerrara la puerta del dormitorio, y que me aproximara nuevamente hacia él.

—Hay algo que no te había dicho hasta ahora, porque quería estar seguro de que eras digno de confianza —me dijo con una gravedad absoluta, con una inmovilidad casi mortuoria en sus rasgos—. Soy el Secretario General de la Federación Anarquista Ibérica. Salvador, que en paz descanse, era uno de nuestros más valerosos militantes.

Se le quebraba la voz. Buscó debajo de la almohada un paquete de Winston que tenía dentro un mechero, pero le temblaban tanto las manos que tuve que ser yo quien sacara el cigarrillo y le diera fuego.

## V

Durante algo más de un mes pude guardar sin dificultad el secreto tremendo que me había confiado Ataúlfo. Ahora cobraban sentido algunas rarezas que a mí me habían parecido extravagancias, algunas desapariciones y citas enigmáticas y llamadas de teléfono. Por las noches, cuando iba con Ataúlfo a los bares carísimos de la calle Serrano y me alimentaba de vino blanco del Rhin y canapés de langosta después de haber comido a mediodía un perrito caliente, o cuando lo acompañaba a uno de los clubes en los que a mí también me conocían ya, advertía ahora detalles que antes me pasaban desapercibidos, y en los que vislumbraba con admiración y también con un poco de temor y de vanidad los sutiles hábitos conspiratorios de Ataúlfo, sus encuentros de apariencia perfectamente casual con hombres o mujeres que no llegaban a mirarlo y se rozaban con él en el camino hacia el teléfono o los lavabos, pero con los que cruzaba una consigna apenas murmurada, su manera de moverse en cualquier dirección por las escalas sociales, subiendo a los palacios y bajando a las cabañas, como él decía, disimulando magistralmente su militancia incansable bajo un disfraz de despreocupación y aun de libertinaje del que no se despojaba ni en presencia de su propia mujer.

Digo que durante casi un mes fui capaz de guardar el secreto, y que podría haberlo mantenido mucho más tiempo si no llega a presentarse en la pensión, a finales de marzo, de buenas a primeras, mi casi olvidado amigo Ramón Tovar, cargado con una maleta de madera como las de los reclutas de la generación anterior y con una caja de cartón asegurada con cuerdas en la que me traía un cargamento de víveres providenciales enviados por mi madre, que no se fiaba de mandarlos por agencia, creyendo, tal vez no sin razón, que los sabores y olores que se desprendían del interior de la caja provocarían tentaciones difíciles de resistir en los empleados al cargo de su manejo y transporte. Llegó Ramonazo una tarde hacia las siete, justo cuando yo salía hacia Chicote, donde me esperaba Ataúlfo para que lo acompañase luego en una excursión cuyo destino final no me había revelado, obviamente por razones de seguridad, pero que ya tenía de entrada un excelente punto de partida, sobre todo si Ataúlfo se retrasaba un poco y yo disponía de tiempo para sentarme en la barra y mirar a la clientela mientras sorbía un *whisky sour*, cóctel por el que mi maestro manifestaba una decidida predilección a esas horas de la tarde.

Iba a salir, pues, y apenas pude disimular el contratiempo de ver de golpe a Ramón Tovarich ni responder más que fríamente a sus abrazos, estrujones y palmadas de plantígrado o de dignatario soviético en visita a un país hermano, así como a un truco o habilidad que tenía y que era el de estrechar la mano suavemente, fingiendo una educada corrección, y luego apretar de golpe hasta que a uno le crujían las articulaciones, riéndose de la debilidad de las manos de los estudiantes, que mejor que en las aulas estaríamos en los campos de caña de azúcar, o en las comunas arroceras de Vietnam del Norte, etc. Es posible que deba avergonzarme de lo que voy a confesar, pero lo cierto es que cuando vi a Ramonazo en el vestíbulo de la pensión, soltando una carcajada y una exclamación de alegría al verme, lo encontré, si he de ser sincero, muy basto, mucho más de lo que yo recordaba, basto de apariencia física, de vestuario, de palabras, de acento (las jotas brutales, la entonación cansina de mi pueblo), y cuando me llamó por segunda vez usando el mote o sobrenombre que aún se daba a mi familia (sobrenombre que no creo imprescindible repetir aquí, y que de cualquier modo ha caído hace muchos años en desuso) enrojecí y miré hacia el pasillo temiendo que algún huésped asomara la cabeza al oír aquellas interjecciones más propias de una majada que de una casa de huéspedes:

—Cojones, macho, si no hay quien te conozca, tan blanco, y más seco que el ojo de Benito, con esas melenas de parguela que te has dejado.

Pero era mi amigo, era mi paisano, era un miembro

indiscutible y concienciado de la clase trabajadora en unos tiempos en que los ideólogos universitarios y las organizaciones de extrema izquierda buscaban captar militantes obreros con las mismas posibilidades de éxito que si persiguieran unicornios. Ocuparía la otra cama de mi habitación, que se había quedado libre una semana antes, compartiríamos con equidad absoluta nuestro dinero y nuestra comida, y mientras llegaban los buenos tiempos viviríamos con una austeridad maoísta. Ramonazo, que era muy mandón, me sujetó vigorosamente para que no me fuera y me empujó de regreso hacia el cuarto sin oír siquiera las explicaciones que yo le daba sobre un reportaje que debía hacer aquella misma tarde, y con cuya mención casual yo había proyectado impresionarle. Pero a Ramonazo no lo impresionaba nada. La primera travesía de Madrid, esa primera media hora que a mí me abrumó tanto, desde que bajé del tren hasta que llegué a la calle donde estaba la pensión, le había dejado perfectamente frío, incluso algo desdeñoso, y eso que se había atrevido a tomar el metro, proeza que yo sólo acometí después de estudiarme en un plano los números y los recorridos de las líneas. Ramonazo, echado en mi cama, sin quitarse ni las botas, con las manos confortablemente juntas bajo la nuca, me recitó a toda velocidad los nombres de las estaciones por las que había pasado hasta llegar a la de la plaza de España, comentando lo sucio que estaba el metro, lo viejos que eran los trenes y lo pequeños que le habían parecido andenes y vestíbulos, a diferencia de los del metro de Moscú, del que él sabía que era el mejor del mundo. «Macho, en Madrid hay que ser tonto para perderse», me dijo, y yo pensé enseguida que yo debía de ser especialmente tonto, porque casi no había vez que no me perdiera ni lugar célebre al que no llegara por casualidad.

Me he dado cuenta de que yo tiendo a magnificar las cosas nuevas que descubro y los lugares que visito por primera vez, pero ahora creo que eso no les ocurre a muchas personas. Voy a otra ciudad, las pocas veces que salgo de mi pueblo, en verano, sobre todo, los años en que mi mujer y yo alquilamos un apartamento en la playa, y casi todo lo que veo me parece espléndido, desde los restaurantes a los paseos marítimos, y luego me entero de que la ciudad era horrible, la playa insalubre y los restaurantes vulgares y caros. Casi todo el mundo me parece más inteligente y más próspero que yo. Cualquier comerciante me engaña, porque creo que su sonrisa y sus consejos son sinceros, así que para desesperación de mi mujer acabo comprando con toda convicción lo peor. Ramonazo, a diferencia de mí, pertenecía a la estirpe de los que nunca se dejan engañar, y estando con él yo sentía algunas veces que veíamos mundos distintos: el cuarto de la pensión, del que yo le había dicho, con toda sinceridad, que era grande y luminoso, él lo encontró estrecho y oscuro, y el armario pequeño, y la pensión de baja categoría, como si hasta entonces él hubiera frecuentado hostales con agua caliente y baño individual, y el barrio malo, y el agua del grifo insípida... Estas personas provocan siempre en mí una angustiosa ansiedad por complacerlas, o porque les guste algo, y como no suelo tener éxito me siento enseguida culpable, como si fuera mía y no de ellos ni del mundo la responsabilidad de su decepción. A la mañana siguiente, cuando le mostré a Ramonazo el edificio España y la Torre de Madrid, me dijo que los había imaginado más altos, y que no podían compararse con el Empire State Building, cuya altura exacta se sabía él de memoria, así como la del Everest y de la pirámide de Keops: no sé por qué, pero ese tipo de mediciones tendían entonces a fascinar a los autodidactas.

La primera tarde yo había temido que Ramonazo se prendiera de mí con la lealtad atosigante de un paisano que no conoce a nadie más en la capital, y me había apresurado a librarme de él para llegar a tiempo a mi cita con Ataúlfo en Chicote, pero aquella noche, cuando volví a la pensión, cerca de las dos, esperando las quejas de Ramonazo, que se habría quedado solo, aburrido y desconsolado en el cuarto, igual que yo a las pocas horas de llegar a Madrid, y que me envidiaría sordamente por tener amigos y andar por ahí bebiendo whisky y trasnochando con ellos, resultó que él no estaba, y que sobre la mesa de noche, justo encima de un ejemplar de *Diez Minutos*, había un mensaje para mí: *He salido a cenar con una amiga. Volveré tarde. No me esperes.*

Volvió después de las cuatro, silbando, y dejó disperso en el aire de la habitación un olor a colonia femenina y a tabaco negro: luego me enteré de que su novia prochina era también francófila y fumaba Gitanes. Yo había apagado la luz un rato antes, y me hacía el dormido, pero Ramonazo la encendió sin ningún miramiento y me sacudió hasta que ya no pude fingir que no estaba despierto. Se sentó a los pies de mi cama y miró con un gesto de cavilosa tristeza el libro que yo había estado leyendo antes de apagar la luz.

—Macho, me das lástima, tan blanco, siempre leyendo, aquí metido en la pensión, alimentándote de latas.

—Oye, que no hace ni media hora que he llegado...

—Y a mí me gusta leer tanto como a ti, pero hay que vivir también, macho, que te quedas pajizo y se te baja la fuerza de la sangre y no empalmas.

—Ni que tú fueras Casanova —concluí, malhumorado, y le di la espalda, tapándome la cara con el embozo.

—No seré Casanova, pero no llevo ni ocho horas en Madrid y ya he ligado. —Se interrumpió, y prolongó el silencio hasta que yo me volví, incrédulo, algo humillado, testigo de su triunfo—. Una chavala estupenda, la conocí en el tren y quedamos para irnos de mesones por la Plaza Mayor. No te digo más: liberada, estudianta y más roja que tú y que yo juntos... Me juego contigo lo que quieras a que en diez días me la he pasado por la piedra. No veas la tía lo caliente que estaba, me decía que hiciera fuerzas con los brazos para tocarme los músculos, y que le apretara la mano, que le gustaba lo ásperas que yo tengo las mías.

Me costó algo dormirme, no sólo por la incomodidad de tener a alguien más en la habitación, sino porque me puse a pensar en mi novia, mi actual esposa, a la que llevaba dos meses sin ver, y en las mujeres de pechos grandes y blancos y profundos escotes que se sentaban a veces en las rodillas de Ataúlfo acercándole a los labios el filo espumoso de una copa de champán. No soy hombre de récords sexuales, y prefiero con mucho la confortable estabilidad de mi vida a las turbulencias pasionales y adúlteras en las que se ven envueltos algunos de mis amigos, pero en aquella época no era inusual que atravesara por períodos de celo furioso, ni que se me encabritaran la imaginación y los instintos en mitad del insomnio, sin más resultado que un despertar tardío y culpable a la mañana siguiente y un bochornoso lamparón amarillo en las sábanas. Me preguntaba qué pensaría Ramonazo de mí si supiera que no me había acostado aún con mi novia, ni con nadie, él que nada más llegar a Madrid ya conocía a una mujer liberada, y que una semana después tenía trabajo en un taller de electricidad del automóvil: un trabajo de verdad, con horarios fijos y nómina, no como las tareas ocasionales que yo conseguía.

El trabajo, claro, se lo buscó Ataúlfo. Por esa época yo pensaba con absoluta convicción que Ataúlfo podía conseguir cualquier cosa, que el mundo obedecía a sus menores gestos y deseos con tan inmediata docilidad como los taxis nocturnos. Los primeros días, Ramonazo salía resueltamente de la pensión a las ocho, mucho antes de que yo me levantara, y se daba infatigables caminatas por el centro de Madrid y viajes en metro y en autobús a los suburbios más remotos y a los polígonos industriales de las cercanías, preguntando en todos los talleres de coches, ofreciéndose como peón en todas las obras, en todas las fábricas y almacenes de mayoristas por los que pasaba, siempre vestido con una severa y algo menesterosa corrección de solicitante de provincias, con sus zapatos de puntera redonda y tacón pronunciado, sus pantalones de tergal que se planchaba él mismo antes de salir, con una cazadora de plástico marrón que combinaba con una corbata y un jersey de lana tejido por su madre, peinado con raya, afeitado y oliendo a loción, fortalecido por la inquebrantable creencia popular de que un hombre de bien y un trabajador honrado siempre acaban abriéndose paso en la vida.

Al principio, la primera semana, Ramonazo volvía exhausto cada anochecer a la pensión, con los zapatos manchados de polvo o de barro y la barba ya ensombreciéndole la cara, con un periódico doblado bajo el brazo en el que había subrayado ofertas de empleo y anotado en los márgenes direcciones, nombres y números de teléfono, y como aún le quedaba algo de sus ahorros y era muy proclive, con respecto al dinero, a una mezcla de exhibicionismo y de generosidad, me decía que iban a llamarlo para trabajar al día siguiente, y que teníamos que celebrarlo, y me llevaba a alguno de los mesones que había conocido a través de su novia prochina o a un bar de la calle Leganitos que le había enseñado yo y en el que daban, por diez pesetas, un bocadillo tremebundo de tocino asado al que llamaban «un zagal». Yo notaba en él ese exceso de energía nerviosa que despierta Madrid en los recién llegados, esa insensata predisposición de novedad que al principio lo intoxica a uno y lo enerva mientras camina por las calles como si estuviera respirando un aire de alta montaña: iba a colocarse enseguida, iba a fundar un sindicato clandestino, iba a irse a vivir a una comuna con aquella chica a la que yo aún no conocía, iba a volver a nuestro pueblo cargado de dinero dentro de unos años para avergonzar y humillar a su padre, que había intentado darle una bofetada cuando le dijo que se marchaba a Madrid.

Pero poco a poco, como ocurría siempre, la ciudad fue venciéndolo, y los trabajos se retrasaban para otro día o para otra semana y las personas a las que llamaba por teléfono nunca podían ponerse, y cuando se presentaba a primera hora de la mañana en la dirección de un trabajo anunciado en el periódico ya había una nube de solicitantes que habían llegado antes que él. Ya se levantaba más tarde que yo algunas veces, y aunque no se olvidaba de afeitarse y de peinarse con raya era posible que no se pusiera la corbata, o que no se limpiara los zapatos con la misma pulcritud que al principio. Seguía fantaseando: en su imaginación se alternaban los sueños de colectivismo y las fábulas americanas del triunfo personal, y si unas veces se veía a sí mismo como un austero trabajador o comisario político en una gran industria comunista y modélica había otras en que le gustaba figurarse que se hacía rico poniendo en el barrio de Salamanca un taller de reparación para coches de lujo, y luego una sucursal de Rolls Royce, o de Mercedes...

Llegaba con paso cansino a la pensión, soltaba el periódico doblado y manoseado y se echaba en la cama con gran ruido de muelles, pues a pesar del hambre que estaba empezando a pasar aún le quedaban reservas de los embutidos y potajes del último invierno. Si yo, que conocía los síntomas de la penuria secreta, le ofrecía un bocadillo de foie-gras o una lata de algo, él lo rechazaba, contándome la comilona imaginaria que se había dado unas horas antes por una cantidad ridícula en algún restaurante de Carabanchel o de Vallecas, tres platos, vino, postre y café, y para terminar un puro y una copa de Fundador, no como en esos comedores universitarios a los que acudía yo, en los que daban comidas como para enfermos, sopitas claras y lonchas transparentes de jamón york empanado con hojitas de lechuga, alimentos de intelectuales y de tísicos a los que seguramente les añadían bromuro para convertirnos a todos en eunucos.

La mala racha coincidió con una de las desapariciones de Ataúlfo, al que había notado yo últimamente, después de su enfermedad y de la confidencia que me hizo, más absorto y más reservado conmigo, como si tuviera una preocupación demasiado grave para ocultarla bajo su costumbre de apariencia jovial, o peor aún, como si yo, sin darme cuenta, hubiera hecho algo indigno de su confianza y ahora se arrepintiera de habérmela otorgado. Siempre que alguien me conceptúa positivamente me pregunto cuánto tardara en sentirse defraudado por mí. Llamaba a casa de Ataúlfo y su mujer o uno de sus hijos me decían secamente que no estaba y que no sabían cuándo iba a volver. Pensé que podía estar oculto, que tal vez lo habían detenido a raíz de la ejecución de su camarada anarquista o que había escapado a Francia. Y de pronto una tarde, al volver a la pensión, la patrona me dio uno de aquellos mensajes lacónicos que a él le gustaba tanto dejar: *Topic's Diego de León 9,30 noche*.

Convencí a Ramonazo para que viniera conmigo, aunque no sin dificultad, porque al principio me dijo que tenía una cita con su amiga liberada, y que además no estaba interesado en conocer los ambientes corruptos de la alta burguesía: más disfrutaba él, me dijo, comiéndose un trozo de salchichón y otro de pan en el tajo de una obra que en esos restaurantes de lujo donde hasta los garbanzos se comían con cuchillo y tenedor y los camareros de guantes blancos seguramente se la sacudían a uno cuando terminaba de mear. No sin remordimiento pensé que yo sí prefería los restaurantes de lujo a las fiambreras y los bocadillos proletarios, pero me guardé mucho de decirlo, y cuando ya había renunciado a convencer a Ramonazo tuve la sorpresa de que él cambiara desganadamente de opinión y accediera a venir conmigo, sin mucho interés, desde luego, como si estuviera haciéndome un favor.

En el metro fue diciéndome de memoria y con los ojos cerrados los nombres de las estaciones a medida que nos aproximábamos a ellas. Yo le adelantaba con entusiasmo rasgos excéntricos o admirables de la personalidad de Ataúlfo y pormenores sobre las maravillas que nos aguardaban en el Topic's, que fue uno de los primeros restaurantes en régimen de autoservicio que se instalaron en Madrid, y el primero, por supuesto, en el que había estado yo. Al llegar vigilé con avidez la expresión de su cara, con esa angustia por agradar a otros que ya he mencionado aquí, y que posiblemente, dicho sea de paso, haya tenido alguna vez efectos nocivos en mi vida, impulsándome a hacer no lo que yo deseaba, sino lo que yo suponía que otros esperaban de mí. A Ramonazo, aunque él intentara disimularlo, la visión de los limpios espacios luminosos y de los expositores de comidas del Topic's lo conmocionó: las grandes mesas rojas que se alineaban hacia el fondo y en las que podían comer confortablemente más de mil personas, los letreros de neón indicando entradas y salidas, las vitrinas de cristal y la superficie de acero inoxidable sobre la que uno deslizaba su bandeja e iba escogiendo entre aquella inagotable variedad de manjares, muchos de los cuales veíamos por primera vez y no sabíamos qué eran, pero tenían colores tan vivos, brillos tan cremosos de salsas, que la boca se nos deshacía en saliva, como ante el escaparate de una pastelería. Los Topic's eran en aquellos tiempos como catedrales de la alimentación moderna, de un industrialismo saludable e higiénico, de una velocidad americana, todo lo cual a mí me gustaba mucho, sobre todo después de que a la segunda o a la tercera visita, siempre en compañía de Ataúlfo y subvencionado por él, ya me hubiera familiarizado con los procedimientos del autoservicio, que no estaban tan exentos de complicaciones como ahora puede pensarse.

Por el camino yo había temido que Ataúlfo tardara mucho en llegar, o que no se presentara, condenándonos a Ramonazo y a mí al suplicio de esperarlo con los estómagos tan vacíos como los bolsillos. Pero hubo suerte, y justo cuando nosotros empujábamos la puerta del Topic's se detenía ante ella un taxi del que bajó no sin dificultad el insigne Ataúlfo, limpiándose luego con ademanes señoriales, parado en medio de la acera, la ceniza que le habría caído en las solapas y en los pantalones durante el viaje, pasándose la mano derecha por la frente para echarse hacia un lado el largo mechón y ajustándose por fin la corbata mientras miraba disimuladamente alrededor, con ese automatismo y esa oculta sagacidad que revelaban al militante experto, al luchador clandestino que lleva media vida eludiendo los peligros horrorosos de la persecución y la cárcel, incluso burlándose de ellos.

—Ahí está —le dije a Ramonazo—. Ése es mi amigo Ataúlfo.

—Pues vaya pinta de burguesón que tiene el tío. —Ramonazo eligió una entonación despectiva, casi amenazadora.

—No te fíes de las apariencias...

Los presenté: Ramón miraba a Ataúlfo con una hosca timidez que a lo largo de la cena adquirió modales de jactancia. En la cola del autoservicio llenamos nuestras bandejas de toda clase de platos rebosantes, animados por Ataúlfo, que apenas llevó nada para él, porque en realidad comía muy poco, y que luego, en la mesa, nos miró devorar con una sonrisa en la que había por igual distracción e indulgencia, un no estar del todo allí más acentuado cuando sorbía un poco de vino o daba una chupada al cigarrillo. Le pregunté dónde había estado y me contestó: «Por ahí, de viaje», mirándome de un modo que daba a entender claramente la inconveniencia de una explicación ante extraños. Le recordé su promesa de abandonar el tabaco: me contestó con toda seriedad que, según descubrimientos recientes, los cigarrillos, al tranquilizar a quien los fumaba, ayudaban a prevenir el infarto de miocardio, resultando así que la nicotina era tan beneficiosa para el corazón como el alcohol para la circulación sanguínea. Cuando terminamos de cenar nos ofreció su paquete de Winston. Yo cogí uno, aunque no acabara de creerme aquellos descubrimientos científicos, y Ramonazo lo rechazó, sacando ostensiblemente un paquete de venenosos Celtas Cortos.

—Yo fumo negro sin filtro —declaró, mientras señalaba hacia mí—. No me pasa como a éste, que en cuanto viene a la capital cambia de costumbres.

Veía con tristeza que mis dos amigos no estaban cayéndose bien, y eso me daba el sentimiento opresivo de haberme equivocado al reunirlos, de encontrarme yo en medio, queriendo inútilmente agradar a los dos, buscando temas neutrales de conversación que pudieran interesarles sin alimentar su mutua hostilidad y sus ganas de diatriba, y no logrando tal vez sino que los dos me detestaran, diciéndose cada uno que si yo era amigo del otro no podía ser más que un botarate o un farsante, cosa que en determinadas situaciones yo también he llegado a pensar. Aquella noche estaba claro que los dos no querían secundar mis desesperadas tentativas de apaciguamiento, y que buscaban motivos para discutir igual que yo me devanaba la imaginación queriendo hallar puntos de acuerdo. El anticomunismo de Ataúlfo alcanzaba su más feroz intransigencia con respecto a la China Popular, país al que calificaba sin reparo de colonia de insectos, y que al establecer relaciones diplomáticas con el régimen de Franco merecía más aún el desprecio de los hombres libres. Al oír tales cosas, a las que yo ya estaba acostumbrado, Ramonazo no supo reaccionar, y fue montando lentamente en cólera hasta que yo vi que se le encendía la cara, que movía los labios para decir algo y balbuceaba, y tras dar una calada larga y ansiosa a su Celtas dio un puñetazo en la mesa y le dijo a Ataúlfo:

—Usted lo que es es un burgués y un socialfascista.

Se puso en pie, y yo creí que se marchaba, pero

sólo iba al servicio. «Pobre chico, qué amarguras tiene que estar pasando», dijo Ataúlfo, viéndole alejarse con su severidad maoísta y sus andares de gañán entre las mesas pintadas de rojo y la clientela frívola y bien vestida del Topic's. Me preguntó cómo se ganaba la vida: le dije que no se la ganaba, que se le había acabado todo el dinero y era demasiado orgulloso para confesarlo o para volver derrotado a nuestro pueblo. Le hablé de todos los años que llevaba trabajando a jornal, de la intransigencia de su padre y de la crueldad y la codicia del dueño del taller de donde se había marchado Ramonazo unas semanas antes. Me hizo un gesto para que cambiara de conversación: Ramonazo volvía del lavabo. Se había echado agua en la cara, sin duda para aliviar el sofoco de la disputa y de la comilona, y parecía mucho más apaciguado. Ataúlfo propuso que fuéramos a tomar un whisky: Ramonazo objetó sin hostilidad que a él no le gustaba el whisky porque sabía a chinches, pero que nos invitaba a una copa de anís Machaquito. Al salir del Topic's, Ataúlfo le puso una mano en el hombro para decirle algo, y yo noté que ese gesto halagaba a Ramonazo hasta un punto que él nunca sería capaz de confesar. En el taxi encajó aceptablemente bien una broma de Ataúlfo sobre la imaginación de los sastres maoístas. A la tarde siguiente, un viernes, lo llamó a la pensión el dueño de un taller de coches que dijo ser amigo íntimo y cliente de Ataúlfo. El lunes empezó a trabajar. El sábado, recién cobrado el primer sueldo, nos invitó a cenar a Ataúlfo y a mí en el Topic's, y no se cansaba de darle las gracias, de llenarle la copa de vino y de insistirle, con machaconería pueblerina, para que comiera más. Pero ya no cobró un segundo sueldo. El miércoles siguiente se presentó en la pensión a media mañana, cuando yo aún no me había levantado: el fascista del dueño acababa de echarlo, dijo, acusándolo de hacer proselitismo comunista entre los obreros del taller. Se sentó en la cama, se tapó la cara con las manos y murmuró: «Y ahora cómo se lo cuento yo a Ataúlfo.»

## VI

Recuerdo, seguramente sin motivo, una primavera gris, de domingos largos y nublados sin lluvia, una lentitud de expectativa y de amenaza en el paso del tiempo. En el armario de nuestra habitación yo guardaba los paquetes de comida que me mandaba cada cierto tiempo mi madre, y al abrirlo el olor de los embutidos se mezclaba con el de la ropa colgada y con el de la madera vieja, con ese olor de las profundidades domésticas en las que también podía estar escondido un manual de guerrilla urbana impreso en Pekín (ahora creo que se escribe Beijín o Beiyín) o un par de calcetines usados que a cualquiera de los dos se nos hubiera olvidado lavar. Me levantaba muy tarde, desayunaba galletas untadas con leche condensada que olían a armario y las pocas veces que iba a la Facultad apenas cruzaba una palabra con nadie. Jeeps grises con las ventanas y los faros protegidos por rejillas de alambre permanecían estacionados en fila en algunas avenidas de la Ciudad Universitaria, y grupos de jinetes cabalgaban al paso con las viseras de los cascos alzadas y las pértigas negras colgadas en sus fundas, junto a las ancas de los caballos. Muy pocas veces se oían sirenas, y el helicóptero no había vuelto a sobrevolar las arboledas ni los edificios de cemento o de ladrillo rojo donde los estudiantes parecían haber aceptado definitivamente la rutina de estudiar y obedecer, de no meterse en nada, de no mirar hacia las caras de los grises cuando se cruzaban con ellos.

En cuanto a mí, ya no me desesperaba, ya no me moría de impaciencia por lanzarme a la calle coreando consignas y agitando el puño cerrado en medio de una multitud. El incidente de primeros de marzo, cuando estuve a punto de ser detenido, me había hecho descubrir melancólicamente la intensidad insuperable de mi cobardía. A nadie, ni a Ataúlfo ni a Ramón, le confesé que me había orinado en los pantalones. En los televisores en blanco y negro seguían apareciendo Franco y Arias Navarro y toda aquella caterva de dignatarios fascistas de los que ya no queda ni rastro, afortunadamente, en la memoria de nadie, como si pertenecieran a otro siglo, a otro mundo, el mundo en blanco y negro y gris de una remota dictadura.

Parecía, en aquella primavera de 1974, antes de la revolución portuguesa de abril, que nada iba a cambiar nunca, y cuando alguien recordaba aquel verso de un poema de Brecht, *la más larga noche no es eterna*, uno pensaba que sí, que la noche franquista sí iba a serlo, porque nadie tendría la paciencia, la obstinación o el coraje de esperar su fin, y porque el fascismo, desde Chile, estaba volviendo a ensombrecer el mundo. Nuestra generación, la de Ramonazo y la mía, fue la última en llegar al antifranquismo, y nos tocó la paradoja de heredar, con dieciocho años, la tradición de derrota de las generaciones anteriores, de respirar un aire enrarecido por treinta y tantos años de desaliento y de invenciones gloriosas y absurdas de huelgas generales que no fueron vencidas porque nunca llegaron a existir. En el País Vasco se había impuesto el estado de excepción. Por algunos parques de Madrid, incluso por los pasillos de alguna facultad, llegó a verse el prodigio fugaz de una muchacha que corría desnuda: era una moda que venía de los campus universitarios de América, y que aquí no llegó a calar, y se llamaba el *streaking*, un cuerpo desnudo atravesando como un rayo los lugares más usuales y más tristes, y desapareciendo luego sin dejar ni un rastro de su resplandor.

Los locutores de la Radio Pirenaica aseguraban que el régimen franquista estaba dando sus últimos coletazos. Los folletos que leía tan misteriosamente Ramón Tovar aseguraban que el imperialismo y el fascismo eran tigres de papel. Ni él encontraba trabajo ni yo llevaba camino de convertirme en periodista. En el fondo, a los dos nos daban ganas de dejarlo todo y volver a nuestro pueblo, donde al menos nunca iba a faltarnos un plato caliente y un buen brasero de candela para protegernos del frío, pero ninguno de los dos podía soportar la indignidad de ser el primero en confesarlo. Yo le escribía casi diariamente a la que en la actualidad es mi mujer. Alguna de aquellas cartas anda todavía por los cajones de la casa, y si me atrevo a leerlas me da un acceso insoportable de vergüenza, de piedad y ridículo. Uno tiende instintivamente a favorecerse en los retratos del pasado que traza la memoria. Luego descubre en una carta de hace veinte años lo que pensaba y sentía de verdad entonces y se ve como era, no ingenuo, sino simple, fanático en vez de ilusionado y rebelde, pretencioso, ignorante, más bien idiota, pero sobre todo lejano, tan inalcanzable en esa distancia como la fotografía de un desconocido, usando palabras que ahora juraría no haber escrito ni dicho nunca.

Después de que lo expulsaran del taller, Ramonazo estuvo mucho tiempo sin atreverse a aparecer ante Ataúlfo, a quien ese proselitismo de mi amigo, tan insensato como desagradecido hacia él, le confirmó en su idea de que el comunismo, más que una ideología, era un grado extremo de cerrazón mental. «Pobre chico», me decía, «es muy buena persona, pero se le está poniendo cara de comisario político». Por esa época, durante el mes de abril, Ramonazo había empezado a aplicar a rajatabla su teoría sobre el ahorro energético, y por no desperdiciar reservas no se levantaba de la cama y apenas se movía en ella, quieto en la oscuridad, porque la luz, al parecer, desgastaba, y no salía ni para ver a su célebre novia prochina, cuya rigurosa invisibilidad ya me estaba haciendo sospecharla inexistente. No sé cómo, a primeros de mayo, de aquel mayo en el que casi a diario publicaba *Informaciones* fotografías de la revolución portuguesa, Ramonazo consiguió un empleo en una pista de coches de choque.

Yo estaba ya mezquinamente aburrido de él, porque nada desgasta más la amistad que el poco espacio y la penuria compartida en una ciudad extraña, de modo que me alegró saber que pasaría una parte del tiempo fuera de Madrid, si bien seguiría pagando la mitad de la habitación, detalle éste, como tantos suyos, de una generosidad, me temo, superior a la mía. Las dos o tres primeras noches disfruté de estar solo, de no aguantar sus bromas rústicas ni sus tentativas de adoctrinamiento maoísta, pero muy pronto, como todavía ahora suele ocurrirme, la soledad me desarmó hasta ese grado peligroso en el que a uno le extraña el sonido áspero de su propia voz y le da miedo hasta cruzar unas palabras con cualquier desconocido, y no se atreve, por no enfrentarse a ellos, ni a entrar en un estanco para comprar un sobre, ni a alzar la voz cuando le llega el turno en una tienda.

Tan deprimido me sentía que me faltaban ánimos para llamar a Ataúlfo, o para presentarme sin previo aviso en su casa, como había hecho algunas veces, aunque aquel lugar me entristecía, aquellos pasillos y habitaciones en los que era difícil ver a alguien, aquella mujer que siempre estaba como recién levantada, con los labios pintados, la rebeca echada sobre el camisón y las zapatillas viejas. Viéndola uno no podía asociarla a Ataúlfo, en parte porque yo nunca los había visto ir juntos por la calle, y él nunca hablaba de ella, y tampoco de aquellos hijos incoloros, situados vagamente entre el final de la infancia y la adolescencia, con los que yo alguna vez me encontré en el pasillo. Era, pensé a veces, como si la mujer, el piso y los hijos formaran parte de una vida falsa, de la identidad mentirosa que se había forjado Ataúlfo para ocultar su condición de Secretario General de la temible FAI, cuyas hazañas épicas en la defensa de Madrid él me relataba tantas veces, sobre todo cuando íbamos en un taxi y le pedía al conductor que se desviara hacia Argüelles, la Ciudad Universitaria, el Parque del Oeste o los barrios del Sur para explicarme con exactitud dónde estaban las líneas enemigas y las libertarias, desde dónde disparaban los leales a los falangistas refugiados en el Cuartel de la Montaña, en qué lugar preciso cayó muerto Buenaventura Durruti, asesinado, según Ataúlfo, por sus enemigos comunistas, que no podían tolerar la primacía heroica de las milicias anarquistas en los primeros meses de la guerra.

Veía así otro Madrid a través de las palabras y los itinerarios de Ataúlfo, y las mismas calles por las que yo había caminado muchas veces a solas, sofocado por el tráfico, distraído en la lectura del periódico, se convertían en escenarios de batallas feroces y de hazañas populares, y una esquina trivial en la que Ataúlfo me señalaba la huella de un impacto de bala o una calle en la que se levantaron barricadas para resistir el avance de las tropas marroquíes de Franco cobraban invisiblemente para mí una entidad de monumentos civiles. En una plazuela sucia de Lavapiés, Ataúlfo me mostró una modesta fuente pública en la que había un letrero que yo no habría observado si él no me lo llega a señalar: *República Española, 1934.* En el Paseo de Rosales, una tarde de mayo, mientras bebíamos horchata en una de aquellas admirables terrazas sombreadas de árboles, perfumadas por el olor a savia que traía el viento suave de la Casa de Campo, me contó que se acordaba de haber ido de la mano de su padre por aquel mismo lugar, un primero de mayo muy caluroso de hacía tal vez cuarenta años, con pantalones cortos y alpargatas limpias y un pañuelo rojo y negro alrededor del cuello. Al hablar no miraba hacia mí, sino hacia la otra acera del paseo, como si estuviera viendo en ella su recuerdo.

Ataúlfo había elegido un velador muy apartado de los otros. Me había llamado esa mañana a la pensión para citarme a las seis en aquella terraza, advirtiéndome que no era necesario que llevase mi máquina de escribir. En el taxi del que se bajó, vi con toda nitidez un perfil femenino y una melena rubia que me fueron tan inmediatamente familiares como los rastros de perfume intenso y exótico que provenían de Ataúlfo cuando se sentó frente a mí: la mujer del taxi era la misma a la que yo había visto en Lhardy dos meses antes, y Ataúlfo traía un aire tan obvio como de risueña lasitud que incluso yo, a pesar de mi ignorancia prácticamente absoluta, lo asocié a la satisfacción sexual. Qué tío, pensé, admirándolo ilimitadamente, sin la más leve sombra de envidia o rencor, como tal vez sólo admira uno a esas edades. Pero él, aun sabiendo que tenía resumido en mí a todo un público incondicional de sus hazañas, no alardeó de nada ni hizo mención alguna de la rubia con la que seguramente había compartido unas horas de fogoso deseo en la habitación de un hotel. En cuanto el camarero nos trajo las horchatas le pagó, sin duda para tener la seguridad de que no volvería a acercarse, pero lo llamó rápidamente nada más probar su refresco, que se apartó de los labios con un gesto de asco: le pidió un whisky, y cuando el camarero le preguntó que si lo quería con agua Ataúlfo le dijo que no, que no pensaba lavarse. Yo ya iba conociéndolo, y me daba cuenta de que estaba a punto de hacerme una revelación, y de que las rememoraciones de su infancia y las llamadas al camarero no eran sino recursos para tensar mi atención, para sugerirme que estuviera preparado. No me equivoqué. Ataúlfo bebió un trago de whisky haciendo con la lengua un chasquido sediento de felicidad, encendió despacio un Winston, le dio una calada muy larga, me exigió con solemnidad casi amenazadora un juramento de secreto sobre las cosas que iba a decirme y me pidió, mirándome a los ojos y sin cambiar el tono de voz, que me uniera a una conspiración encaminada a derribar en el plazo de veinte días el régimen del general Franco.

Me quedé sin habla. Me dieron de pronto unas ganas terribles de orinar, pero los ojos de Ataúlfo me tenían hipnotizado, y su mano derecha me apresaba con un inflexible ademán de exigencia, mientras la izquierda, como si personificara la mitad frívola y vitalista del temperamento de Ataúlfo, sostenía el cigarrillo y el vaso de whisky. Yo sentía a partes iguales entusiasmo y terror, orgullo heroico y ganas de salir huyendo, y era incapaz de articular una sola frase inteligente y de eludir aquella mirada imperiosa que seguía esperando una respuesta. ¿Quién era yo para que Ataúlfo solicitara mi ayuda, qué concepto tenía él de mí para considerarme digno no ya de participar en una revolución, sino de conocer un secreto del que dependían las vidas de muchas personas y el porvenir inmediato de España?

—No quiero empujarte ni obligarte a nada —me dijo—. Si crees que no debes unirte a nosotros, no tienes más que decírmelo, y yo lo único que te voy a pedir es que guardes el secreto. Tú me conoces: no soy comunista, y no me gusta chantajear a nadie, así que si tu respuesta es no, yo no voy a dejar de ser amigo tuyo. Es posible que antes de tomar una decisión quieras hacerme algunas preguntas, pero te aviso que a algunas de ellas no estaré autorizado a contestar. Habrás leído estos días en los periódicos que ha habido algunos cambios en la Junta de Jefes de Estado Mayor, y que el general D** (aquí pronunció Ataúlfo el nombre de aquel general a quien habían empezado a enviarle monóculos por correo) ha tenido que volver a toda prisa de un viaje oficial por el extranjero. Maniobras desesperadas de un régimen que se derrumba... Antes de tres semanas la División Acorazada Brunete habrá entrado en Madrid, y la Brigada paracaidista de Alcalá de Henares estará tomando al mismo tiempo los centros neurálgicos: la Televisión, Radio Nacional, los principales ministerios. Los movimientos de tropas no levantarán sospechas: si te has fijado, en los últimos días han publicado los periódicos, de manera rutinaria, las fechas de próximas maniobras militares...

—¿Y la Guardia Civil? —acerté a preguntar.

—Se mantendrá escrupulosamente neutral, como en el 31. ¿Tú no sabías que Franco tuvo pensado disolverla? La semana pasada hubo una reunión con el director general. Garantizan el orden, y no ponen más condiciones que la de atar corto a los comunistas. ¿Te acuerdas de un chalet de Arturo Soria donde te cité una vez, que estuviste llamando y no te abrieron? Estábamos empezando a negociar con el teniente general A** T** (aquí dijo Ataúlfo otro nombre que incluso ahora, tantos años más tarde, sería temerario repetir). La reunión se prolongó más de la cuenta, y cuando tú llegaste el general aún estaba en el chalet...

—Yo oía ladrar a un perro. Ladraba muy fuerte y arañaba la puerta.

—Era uno de los dóberman del teniente general...

Pero cómo era posible, le dije, que una organización como la FAI, que había renegado siempre de los pactos con la burguesía, según el mismo Ataúlfo solía explicarme, aceptase ahora un pacto con lo más negro del aparato represivo franquista, el Ejército y la Guardia Civil, incluso con la jerarquía católica, porque también me dijo que algunos de sus miembros más señalados participaban en la conspiración: era preciso acabar con la dictadura, me contestó Ataúlfo, y los militares y los eclesiásticos más inteligentes sabían que si no se la eliminaba pronto arrastraría al país entero a una caída en el desorden y el caos, tal vez a una nueva guerra civil, como la que posiblemente iba a estallar en Portugal muy pronto, cuando los comunistas quisieran asaltar el poder...

—¿Habéis contado con el Partido Comunista?

—Nadie debe quedarse fuera. —Ataúlfo adoptó una entonación magnánima—. En menos de un mes habrá un gobierno provisional que convocará elecciones constituyentes para después del verano. Los comunistas podrán presentarse a ellas como cualquier otra fuerza política que acepte los principios democráticos.

—¿Y se proclamará la República? —Hice esta pregunta con miedo, porque entonces había, incluso dentro de la izquierda, algunas personas no demasiado hostiles a una restauración monárquica.

—Por supuesto. —Ataúlfo levantó su vaso de whisky, y lo chocó jovialmente contra el mío—. La Tercera República Española.

## VII

Al anochecer caminé hacia la pensión mareado por la felicidad y por el whisky, casi respirando ya la libertad futura en la tibieza del aire, sobrecogido y exaltado por el compromiso que acababa de aceptar, y que me obligaría, estaba seguro, a superar el miedo, a arrojarme mucho más allá de lo que yo hasta entonces había creído posible, librándome de la indignidad y de la cobardía. Ataúlfo había tenido que marcharse a toda prisa después de hacer, desde una cabina, una llamada de teléfono, disculpándose luego por no poder decirme a quién. Me pidió que continuara como si tal cosa mi vida normal, que no lo llamara a su casa, y que si recibía instrucciones de hacerlo no utilizara el teléfono de la pensión, sino uno público, desde el que no debería repetir las llamadas más de dos veces. De manera inmediata mi única tarea iba a consistir en esperar: debía estar siempre preparado para acudir donde se me ordenara sin hacer preguntas, acaso para transportar sobres cuyo contenido no estaría autorizado a saber. Tal vez, llegado el momento, se me pidiera que actuase de enlace con los líderes estudiantiles de la Facultad... Esto último me alarmó, atosigándome con ese antiguo miedo mío a defraudar, pues a los líderes estudiantiles yo no los conocía de nada, aunque alguna vez, por agradar, hubiera fantaseado amistades con ellos delante de Ataúlfo, y si él me pedía que se los presentara iba a encontrarme yo en un aprieto semejante al de Sancho Panza cuando don Quijote le pidió que lo guiara al palacio de Dulcinea del Toboso.

Mi primera noche de conspirador la pasé casi en vela, dando vueltas en la oscuridad, encendiendo la luz cuando ya desesperaba de poder dormir, sintonizando una radio pequeña que tenía Ramonazo a ver si lograba captar Radio París o la Pirenaica. El efecto del whisky se me pasaba al mismo tiempo que iba arreciando el hambre, y con ella los desvaríos febriles de la imaginación. Carros de combate, banderas rojas y republicanas ondeando igual que llamaradas sobre las muchedumbres, himnos, todos los himnos prohibidos durante más de treinta años sonando en todas las emisoras de radio, *La Internacional*, *A las barricadas*, el *Himno de Riego*, y confundiéndose por lo pronto en las calenturas de mi insomnio. Era posible que a Ataúlfo, a pesar de sus reticencias de apoliticismo libertario, lo nombrasen para un cargo de mucha importancia, ministro de Justicia o fiscal del Estado, y que yo, como ayudante o secretario suyo, me hallase en la situación privilegiada de asistir a los acontecimientos históricos, convirtiéndome de golpe en la clase de periodista que me gustaba ser, un nuevo John Reed narrando los días que muy pronto iban a estremecer el mundo. Sentía esa noche, esa interminable madrugada en la que la claridad del día me sorprendió con los ojos abiertos, una mezcla de premura y de pavor semejante a la que provocaban entonces en mí las expectativas sexuales. Logré dormirme cuando ya alborotaban el corredor de la pensión los huéspedes más madrugadores, y tras un sueño que me pareció tan breve como un parpadeo me sobresaltó el timbre del teléfono, que sonaba en los fondos de la casa, pero que me había hecho incorporarme como la alarma de un despertador. Me estaban llamando, pensé medio en sueños, era Ataúlfo o alguno de sus cómplices que me reclamaba para que cumpliera una misión tal vez muy peligrosa a la que no podía negarme, entregar una carta en un lugar que estaría rodeado por sociales, servir de cebo, dejar en los lavabos de una cafetería un paquete en el que estaba escondida una bomba... Los pasos de la patrona venían por el corredor: iba a detenerse ante mi puerta y a golpear en ella con su discreción habitual, casi derribándola, y me iba a decir que había una llamada telefónica para mí.

Lo hizo. Salté de la cama y me vestí a toda prisa y de cualquier manera por miedo a que cuando llegara al teléfono la comunicación se hubiera interrumpido. El teléfono estaba al final del recodo más lejano del pasillo, en un gabinete donde la patrona, su familia y los huéspedes se mezclaban desahogadamente cada noche para ver la televisión. El auricular colgaba de la repisa sobre la que estaba el aparato, oscilando, como en esas películas en las que una puñalada o un disparo interrumpen en lo mejor una conversación telefónica. Lo levanté casi temblando, murmuré inaudiblemente «diga», con una absurda precaución como para que mi voz no fuese reconocida, y me atronó el tímpano el silbido mortífero de Ramonazo, que ponía en práctica otra de sus habilidades más célebres, aprendida según él en los tiempos en que su padre, antes de colocarlo como aprendiz de mecánico, lo puso de mozo de pastor.

—¡Venga, macho, espabila, que son las doce del día! —Tras el dolor agudo del silbido, las voces de Ramón acabaron de despertarme, dejándome a partes iguales en un estado de alivio y de decepción—. Oye, estudiante, que te llamo para que te vengas a Parla, que estamos aquí con la pista de coches de choque y hay fiestas, y como estoy parando en casa de un paisano y tiene camas libres pues hemos pensado que a lo mejor te sienta bien dejar los libros y mezclarte con el pueblo. Para tu información te diré que hay unas chavalas que te mueres...

—Me gustaría mucho pero no puedo, Ramón —dije, intentando adoptar una entonación que fuese al mismo tiempo resuelta y sugerente, incapaz de no traslucir, aunque fuera en un grado mínimo, la novedad de mi compromiso secreto—. Tengo cosas importantes que hacer.

—Como no sea una reunión de la tuna...

—No me insistas, Ramón. —En realidad Ramón no había insistido—. Aunque quisiera no podría decirte nada.

Juzgué prudente colgar. Era viernes por la mañana. Faltaban menos de veinte días para el golpe de Estado. Puse la radio: canciones tontas en Los Cuarenta Principales, anuncios de frigoríficos y de muebles, noticias de inauguraciones oficiales y de audiencias concedidas en el palacio del Pardo por su Excelencia el Jefe del Estado, o Su Excremencia, como decía Ataúlfo. Lo más excitante era que estaba a punto de suceder un cataclismo y no se traslucía nada en la apariencia de las cosas: así debía de haber sido en Portugal la mañana del 24 de abril, o en Managua, en 1972, los minutos previos al gran temblor de tierra. Desayuné galletas rancias y leche condensada y bajé enseguida a buscar el periódico. Una noticia en las páginas de información nacional me hizo detenerme en seco: el teniente general T**, el mismo que se había reunido con Ataúlfo en un chalet de Arturo Soria, el dueño del dóberman cuyos ladridos y arañazos había escuchado yo una tarde de marzo, declaraba en la ceremonia de inauguración de un nuevo acuartelamiento que la Guardia Civil sabría siempre estar a la altura de sus responsabilidades históricas...

Pensé con vanidad, casi con lástima, en los enterados que pululaban por la Facultad dándoselas de activistas intelectuales, con sus barbas escasas y sus libros de Poulantzas y de Roland Barthes bajo el brazo, con aquel aire como de pertenecer a un club secreto y exclusivo; me acordé de los amigos que seguían languideciendo en mi pueblo sin sospechar siquiera lo que yo sabía, lo cerca que estaba el final de la dictadura, justo ahora, cuando parecía no haber ninguna esperanza, y me dieron ganas de llamarlos a todos, de enviarles un mensaje anónimo que los alentara a resistir. Pensé de pronto, con algo de culpabilidad, en mis padres, de los que llevaba días sin acordarme, y que iban a sufrir mucho cuando empezara todo, temiendo, como temían siempre, que me ocurriera algo, que me viese yo envuelto, por mi cabeza atolondrada, en tiroteos y motines sangrientos como los que ellos habían presenciado en los comienzos de la guerra. Posiblemente tenía la obligación moral de ponerles al tanto de lo que iba a ocurrir, pero no estaba seguro de nada, y no tenía a nadie con quien consultar, porque a Ataúlfo no podía llamarle... ¿Y no sería prudente que le avisara también a mi novia?

Pero yo había prometido mantener un secreto. Compré una barra de pan y un cuarto de mortadela en la mantequería de abajo y me hice un bocadillo en mi habitación. Mientras comía, mientras esperaba, como un centinela que a pesar de la aparente normalidad nunca baja la guardia, olí el aroma de cocido que ascendía desde el patio de luces, junto a las conversaciones de la hora de comer, el ruido de agua y de platos en los fregaderos y la sintonía de los noticiarios radiofónicos. Cada vez que sonaba el teléfono yo me llevaba un sobresalto. Pero era viernes por la tarde, y la pensión estaba quedándose vacía, y a medida que se acercaba el anochecer se hizo más profundo el silencio. Tenía la ventana abierta, y a pesar de los olores a sumidero y a aceite refrito que entraban por ella al final de la tarde pude percibir también esa tibieza alentadora del aire de mayo.

Intenté leer y no podía. Saqué del fondo del armario la máquina de escribir y empecé una carta para mi novia, pero fui incapaz de ir más allá de la primera línea, así como de encontrar un eufemismo lo bastante claro como para sugerirle expectación y cautela y tan sutil que nadie más que ella adivinara el mensaje: *Se aproximan acontecimientos históricos*, o bien, *lo que tanto esperábamos está a punto de llegar*, etc. Pero ¿no tardaría demasiado en llegar una carta, no estaría yo exponiendo a mi novia, con mi silencio, a un peligro atroz, habida cuenta de que su padre era un miembro significado de la guardia de Franco, y que su casa podría ser asaltada en la confusión de los primeros tumultos? Arranqué el folio de la máquina, lo rompí en trozos muy pequeños que tiré después por la taza del wáter y fui al gabinete para llamarla por teléfono. A sus padres, en esa época, nuestro noviazgo les parecía una desgracia, así que yo no la llamaba casi nunca a su casa. El gabinete estaba en penumbra, y no se oía a nadie en toda la amplitud de las habitaciones y los corredores. Yo tenía guardadas unas pocas fichas: me pregunté si me concederían el tiempo suficiente para alertar a mi novia, y si no estaría cometiendo una imprudencia al llamar desde la pensión.

Pero el teléfono emitió un violento timbrazo justo antes de que yo lo tocara. Una voz de mujer con un acento extranjero casi imperceptible preguntó por Ramón. Dije que estaba en Parla, y que volvería el lunes, y al colgar vi la penumbra de aquel gabinete rancio a mi alrededor y cayó sobre mí todo el peso de la soledad del viernes por la noche en una ciudad demasiado grande y demasiado ajena, en una pensión vacía, y eché tanto de menos a mi amigo que me dieron ganas de salir velozmente a la calle y de tomar un autobús que me reuniera con él, para hartarnos juntos en las fiestas de Parla de cubalibres y pinchitos morunos, para arrimarnos, como él decía, a las chicas desvergonzadas y rotundas que rondarían hasta muy tarde por la pista de coches de choque... Pero jamás me habría perdonado a mí mismo que llamara esa noche Ataúlfo y no me encontrara dispuesto a cumplir una misión, por modesta que fuese, por arriesgada que me pudiera parecer.

Cené galletas y leche condensada. Me quedé dormido encima de la colcha mientras escuchaba el noticiario de las once de Radio París, en el que por mucha atención que puse no detecté nada extraordinario. El sábado amaneció lluvioso, con esa tristeza inhóspita y como vengativa que tiene el regreso del mal tiempo en los días de mayo. Madrid era entonces, de nuevo, esa grisura del nublado, del humo de los coches, del granito sombrío de las iglesias y de los edificios franquistas, el mismo gris monótono de los uniformes de los guardias, de los muebles metálicos de las oficinas y de los trajes de anciano paternal y temblón que vestía el general Franco. Se me estaba acabando la reserva de leche condensada y de galletas, de modo que me era necesario salir si no quería fenecer de inanición, o de esa peculiar melancolía de estómago y de alma que da al cabo de muchos días de alimentarse de bocadillos y de latas, y de observar que por mucho cuidado que uno ponga, en los libros quedan migajas de pan y manchas subrepticias de aceite.

Me dije que un día era un día y entré a desayunar en la cafetería Yale, donde me encontré con aquel paisano mío que estudiaba idiomas. Llevaba yo unas cuarenta y ocho horas sin hablar con nadie, y al principio tardé en reaccionar, y me oí una voz destemplada, como las voces de los sordos. Tenía tan extraviado el sentido de la realidad que cuando mi paisano me preguntó por Ataúlfo pensé que lo decía con segundas, y que me miraba de una manera rara, como si sospechara el secreto de la conspiración. ¿Acaso no estaban las facultades llenas de sociales? Le contesté secamente que Ataúlfo y yo apenas nos veíamos, y me marché después de repetir el ademán de la otra vez, aquel gesto de llevarme la mano al bolsillo de la chaqueta con la suficiente lentitud como para que él me detuviera: «Anda, déjalo, ya pagarás tú otra vez», me dijo con su insoportable suficiencia, «y dale recuerdos a Ataúlfo».

¿No le había dicho yo que apenas nos veíamos? ¿Por qué entonces ese «dale recuerdos», esa sonrisa como de no creer una palabra? No podía uno fiarse: en cualquier parte, en cualquiera, podía acechar el peligro, y bastaría un paso en falso, una palabra de más, para que el éxito de la sublevación quedara comprometido fatalmente. Volví a la pensión en busca de refugio, aterrado por la responsabilidad que Ataúlfo había hecho caer sobre mí, inseguro de mi fuerza para sostenerla, para ser digno de la amistad de aquel hombre. En el portal me mareó el olor casi sólido de los jamones y los chorizos de la mantequería. Subí corriendo los tres pisos de escaleras, porque había empezado a sonar un teléfono. Abrí la puerta de la pensión jadeando y el teléfono no había dejado de sonar. La dueña, una señora asturiana, joven, rubia, muy amable, gordita (los pasillos y el gabinete estaban decorados con recuerdos de Asturias), me dijo que la llamada era para mí.

—Hay que ver, lo importante que se nos ha vuelto, que tiene más llamadas que un ministro.

Esta vez sí escuché la voz de Ataúlfo, no tan castiza y jovial como de costumbre, muy cautelosa ahora, como si hablara cubriendo con la mano el teléfono. «Toma un taxi», dijo sin preámbulo, «ven a casa ahora mismo».

Había muy poco tráfico en la mañana desierta y lluviosa del sábado. Llegué a la calle Quintiliano en menos de quince minutos. En la ventana del despacho de Ataúlfo se movió una cortina: era obvio que me esperaba con mucha urgencia. En el rellano, antes de tocar el timbre, escuché unos gritos que parecían quejidos de animal. Era un llanto como yo no lo había oído nunca, hecho no de sollozos, sino de alaridos, de brutalidad y desgarro, como de locura, como si a la mujer que gritaba le estuviesen hincando un cuchillo en el vientre y retorciéndole con obstinación y torpeza la hoja mellada. En mi familia las mujeres lloraban, pero no lloraban así. En ocasiones los gritos se convertían en la articulación de una palabra que a mí, al otro lado de la puerta, me costaba entender. «Mentira», oí, «mentira y nada más que mentira y siempre mentira». Distinguía en un tono mucho más bajo y continuo la voz de Ataúlfo, pero en ella no podía aislar ninguna palabra.

Hubo un silencio y llamé. La puerta se abrió instantáneamente, y Ataúlfo, despeinado, sin gafas, ocupó todo el hueco, como para evitar que me vieran desde el interior, y me puso en las manos un sobre y dos billetes de mil pesetas y volvió a cerrar en menos de un segundo sin decirme nada. Como esas luces blancas que se ven al cerrar los ojos, a mí me pareció que había visto al fondo del pasillo a la mujer de Ataúlfo.

En el sobre había escrito a mano un nombre de mujer y una dirección: la de un club, recordé, a espaldas de la Gran Vía, en el que Ataúlfo y yo habíamos acabado algunas noches, y donde él desaparecía tras una cortina, y volvía a salir al cabo de una hora o tres cuartos, recién peinado y pensativo, fumando luego silenciosamente en el taxi de vuelta. Pero yo había prometido cumplir órdenes y no hacer preguntas: viajé de nuevo en taxi por la ciudad casi vacía y vigilando con disimulo las esquinas más próximas llamé a la puerta del club, que a esa hora de la mañana, con la grisura de la llovizna, tenía un aire descorazonador, una vulgaridad de puerta metálica. Parecía mentira que despidiera ese brillo tenue de noche, que uno la viera envuelta en una bruma de fanal. Me abrió un individuo en mangas de camisa que ni siquiera tenía aspecto de matón. Quién podía sospechar, pensé admirativamente, que en ese lugar, el club Azul, estuviera uno de los centros neurálgicos de la conspiración antifranquista.

Pregunté por la señora, de la que sólo recuerdo ahora el nombre, Nati. Me dijo que de parte de quién: de parte de un amigo, contesté, inseguro de si debía o no mencionar a Ataúlfo, y como el hombre, con un brillo de desconfianza en los ojos, me miró de arriba abajo, añadí: «De un amigo abogado.» Me hizo pasar a un patio muy estrecho donde había un somier herrumbroso y una pila de embalajes de cartón reblandecidos por la lluvia y luego a un portal como de casa antigua, donde esperé a solas unos minutos, mientras le oía hablar a él en voz baja, las frases separadas por tramos de silencio, como si hablara por teléfono. Volvió y me dijo: «Puedes subir. Es el segundo derecha.» Ahora, al cabo de tantos años, eso es también Madrid para mí, un recuerdo de casas antiguas con portales en sombras, con peldaños barnizados o de áspera madera desnuda gastada por los pasos, con olores profundos de humedad y de tienda de ultramarinos.

El color gris, los zaguanes, el aire caliente de los respiraderos del metro.

La puerta del segundo derecha era muy alta y estaba pintada de un verde oscuro y reluciente. A la altura de mis ojos había una mirilla de cobre dorado. Una chica muy joven que se secaba las manos en un mandil blanco me abrió y me condujo a lo largo de un pasillo a una habitación sofocante decorada en azules, sin ventana, con cortinas azules, con moqueta azul eléctrico, con un papel pintado de rombos y de filigranas azules que provocaba un efecto óptico cambiante, con un diván azul a lo largo de las paredes, esponjoso y sintético, como los divanes de los clubes de alterne. Había también un mueble bar en el que relucían bajo una luz intensa y oblicua botellas de cristal tallado, y un cenicero con una cabeza dorada como de don Quijote y un recipiente para el cigarrillo en forma de bacía.

La chica me invitó a sentarme y salió dejando entornada la puerta, en la que había un espejo de cuerpo entero. Me vi hundido en la espuma azul del diván, tratando de mantenerme recto, con las rodillas juntas, con el sobre de Ataúlfo en las manos, flaco y pálido, con esas patillas absurdamente peludas y largas que ahora me sorprenden tanto en las fotos de aquel tiempo.

Me vi sólo unos segundos. Inmediatamente después, tras un sonido rápido de tacones, el espejo desapareció y tuve ante mí a la mujer más guapa que yo había visto en mi vida. Han transcurrido casi veinte años, y sigo manteniendo esa misma afirmación. Era una mujer muy alta, más alta aún sobre los zapatos con plataforma que se llevaban entonces, con el pelo largo y liso y tan negro que tenía relumbres metálicos, con unas pestañas muy largas que ahora, retrospectivamente, comprendo que eran pestañas postizas, los labios gruesos y pintados de rosa claro y los dientes frontales ligeramente separados. Llevaba una bata de seda azul muy ajustada a las caderas por un cinturón de un azul más oscuro, y un instinto más sabio que yo mismo me hizo comprender que bajo la seda de la bata sólo estaba su piel.

Me tendió la mano, mostrando al sonreír sus dientes separados: no sin dificultad me levanté para estrechársela. Le di el sobre y lo desgarró delante de mí, y mientras iba leyendo la carta de Ataúlfo alzaba fugazmente los ojos para mirarme, como calculando si yo sabía algo de su contenido. Observé que leía situando el papel de modo que recibiera un máximo de luz, y que movía despacio los labios murmurando cada palabra. Terminó la carta y se la guardó de cualquier modo en un bolsillo, sin molestarse en ponerla otra vez en el sobre.

—¿No hay nada más? —me preguntó, mirándome muy fijo con sus ojos grandes y miopes, ligeramente húmedos tras las pestañas tan largas.

—Nada más —y añadí, sin propósito—: Por ahora.

No llamó a la criada. Me acompañó ella misma a todo lo largo del pasillo, y al tenerla tan cerca yo oía el roce suave de la piel y la seda. Me abrió, salí al descansillo, me volví para decirle adiós y quedé paralizado y fulminado durante las décimas de segundo más memorables de los dieciocho años de mi vida. El cinturón se le había soltado y estaba desnuda delante de mí, desnuda y con una mancha de rímel en los pómulos. Luego supe, me lo contó Ataúlfo por teléfono la última vez que hablé con él, que la Policía se presentó en la casa menos de una hora después de que yo me marchara, pero que ella, cuando llegaron, ya había quemado la carta y pulverizado las cenizas.

# VIII

El lunes por la mañana Ramonazo volvió a la pensión. Venía bronceado y enérgico, con una camisa de verano abierta sobre el pecho peludo, como un legionario, más gordo, fortalecido por el trabajo y la intemperie, con un rastro de grasa negra en las manos, como en sus mejores tiempos de mecánico. Le gustaba su empleo en la pista de coches, si bien había tenido algún mal encuentro con los macarras de suburbio que la frecuentaban, nada grave, me dijo, soltando una carcajada tan victoriosa como un relincho, lo había resuelto todo en tres minutos sin más ayuda que la de sus músculos y la de una llave inglesa que traía consigo y que desplegó ante mí y depositó encima de la mesa, sobre mis papeles, como si fuera una espada gloriosa, el emblema de la primacía del trabajo manual sobre las blanduras y las tonterías del intelectualismo.

Pensé que casi le envidiaba su inconsciencia. «Si él supiera», me repetía a mí mismo, mirándolo, oyéndole decir sus barbaridades gozosas, el número de cubalibres que había ingerido en una sola noche, el golpe de través que le había dado en el lomo a un macarra de Parla con su llave inglesa, el dinero que había ganado y el que iba a ganar, porque esa semana la pista se quedaba en Madrid, en unos descampados de Aluche, pero el día quince empezaba una gira por el norte, y a él le habían ofrecido, aparte del sueldo, comida gratis y cama en una *roulotte* último modelo, para que siguiera cumpliendo su doble tarea de mecánico y de guardaespaldas.

—Macho, me ha tocado la lotería. El negocio me gusta, y está chupado manejarlo, así que si le echo huevos en unos años tengo mi propia pista, un río de oro, lo que yo te diga.

—¿Y no piensas colectivizarla?

—No hará falta. Una pista de coches de choque no es un medio de producción. ¿Te has enterado, teórico socialfascista, marioneta de Moscú? Lo malo de esto es que salgo de gira la semana que viene y voy a tener que dejar la habitación.

—Yo que tú no haría muchos planes de futuro, por ahora. —Se me había presentado mi oportunidad y la aproveché: no seguí hablando, pero sostuve la mirada interrogativa de Ramón.

—¿A qué te refieres? —Tenía miedo: me di cuenta de que temía que yo tuviera noticias de que su padre iba a venir a buscarlo. Entonces uno no era mayor de edad hasta que no cumplía veintiún años.

—Tranquilo, hombre, no me refiero a nada —dije, dispuesto a no traicionar mi secreto por mucho que mi amigo insistiera.

Pero, para mi decepción, Ramonazo estaba tan eufórico que se olvidó enseguida de mi sugerencia. Yo había planeado callar inflexiblemente si continuaba haciéndome preguntas, pero no hizo ninguna, y me sentí algo molesto, como si de pronto a Ramón no le importara en el mundo nada más que el negocio opulento de los coches de choque. Del bolsillo trasero del pantalón sacó un fajo de billetes, hizo dos montones idénticos, humedeciéndose el pulgar de la mano derecha al contar el dinero, y puso uno de ellos delante de mí.

—A rajatabla, como en las comunas: igualdad absoluta. —Me tendió la mano, se la estreché y de pronto sentí que trituraba la mía, riendo a carcajadas—. Qué falta te está haciendo una temporada en la zafra...

Fuimos a comer a una fonda gallega de la calle Toledo que le gustaba mucho a Ramonazo. Nos bebimos una botella entera de vino tinto, como cuando íbamos en nuestro pueblo al De Aquí No Paso, pero yo creo que a pesar del vino y de las debilidades fatales de mi carácter a las que ya he aludido la culpa de mi indiscreción imperdonable la tuvo el orujo, bebida incendiaria y maldita con la que Ramonazo insistió en brindar por nuestra amistad y por el triunfo de nuestros sueños, y luego por la revolución, y hasta por el equipo de fútbol de nuestro pueblo, momento en el cual yo no supe seguir callándome y le pregunté que si se sentía seguro de guardar un secreto, de no repetirle a nadie, absolutamente a nadie, bajo ningún concepto, en ninguna circunstancia, aunque lo torturaran, ni una sola de las palabras que yo le iba a decir. Protestó con amargura, ofendido por mi desconfianza, apuró su vaso de orujo y dio una palmada para que nos trajeran más, yo creo que asustando al gallego pusilánime que nos atendía, y entonces yo, deshecho de gratitud por lo amigos que éramos, tan seguro de él que pondría sin vacilación la mano en el fuego, empecé haciéndole algunas sugerencias misteriosas y acabé contándoselo todo, todo lo que yo sabía, los nombres de los generales, las unidades militares que estaban comprometidas, las fechas del avance hacia Madrid de la División Acorazada, todo, incluso detalles que Ataúlfo no me había revelado pero sobre los que yo conjeturaba, como por ejemplo el cargo exacto que él, como secretario general de las fuerzas anarquistas, ostentaba en el comité secreto de la sublevación. Puse, como suele decirse, toda la carne en el asador, pero fue en vano, porque mis revelaciones impresionaron a Ramonazo tan escasamente como le había impresionado la altura de la Torre de Madrid.

—Eso es una barbaridad, una trampa de la burguesía y de los aparatos represivos del Estado —dictaminó, inapelable, atufándome con una bocanada de humo, pero no de Celtas Cortos, sino de Marlboro, porque las ilusiones empresariales habían despertado en él una notable afición al rubio americano—. Si pactáis con la Banca, con el Ejército, con la Iglesia y con los monopolios estáis traicionando a la clase obrera, la estáis entregando atada de pies y manos a las fuerzas contrarrevolucionarias. Macho, qué asco. No esperaba esto de ti.

—Pero vendrá la República —argumenté sin consuelo, transformado de pronto, a los ojos de mi amigo, de luchador revolucionario en monaguillo de la reacción—. Habrá elecciones libres.

—Una república burguesa. —Al decirlo Ramón hizo una mueca de asco—. Acuérdate de Lenin: Libertad, ¿para qué?

Confieso que no se me ocurrió ninguna respuesta. Hay personas que nacen para discutir igual que otras nacen para estar de acuerdo, y yo soy de las segundas. No sé llevar la contraria, y no sólo porque me falte valor y me dé miedo que se enfaden conmigo sino porque honradamente no se me ocurre cómo hacerlo. Se nos había hecho tarde y estábamos solos en el comedor del restaurante gallego, que tenía redes de pesca algo mugrientas colgando del techo y mesas de fórmica marrón con manteles a cuadros, sobre las que había siempre jarras de agua hechas de estaño y pintadas de azul. Ramonazo miró el reloj (se había comprado uno, voluminoso y digital, cien por cien sumergible, explicaba) y me dijo que tenía prisa, porque estaba citado con su amiga maoísta para ir al hotel Palace, a que les dieran libros, revistas y pañuelos con las efigies de Marx, Engels, Lenin, Stalin y Mao en la sede provisional de la embajada china. Nos despedimos sin efusión junto al mercado de la Puerta de Toledo, a la entrada del metro: Ramonazo, que iba a marcharse andando, se consideró en la obligación de explicarme el itinerario que yo debía seguir hasta la plaza de España, sin olvidarse del transbordo en Sol ni del nombre de ninguna de las estaciones por las que yo pasaría si no me extraviaba.

—No se te ocurra decirle nada a nadie —le repetí, muy serio—. Por lo que más quieras, Ramón, no se lo cuentes a tu amiga.

Volvió a jurarme que de su boca no saldría una palabra, me dio una palmada tranquilizadora en el hombro antes de separarse de mí en las escaleras del metro, pero incluso yo, que me lo creo todo, me di cuenta mirándolo a los ojos de que Ramonazo no iba a tardar ni media hora en contar lo que yo le había contado, y en contárselo nada menos que a una fanática maoísta, y quién sabía si también a los miembros de una célula de recitadores del *Libro Rojo* intoxicados de maximalismo, que sin la menor duda harían cuanto pudieran por sabotear la revolución, pretextando con ceguera criminal, con una irresponsabilidad tan suicida como la de la extrema izquierda chilena, que la democracia burguesa era una traición a los intereses de clase de los trabajadores. Iba yo por los túneles del metro como esa gente cabizbaja y alucinada que al principio de estar en Madrid me llamaba tanto la atención, sin mirar en torno a mí, asustado, arrepentido, irritado conmigo mismo, murmurándome insultos, queriendo arreglar lo que ya no tenía remedio, hacer que retrocediera una hora el reloj para corregir mi indiscreción, mi debilidad imperdonable, la prueba de que no merecía que se me confiara ningún secreto, de que cada vez que alguien creía descubrir algo valioso en mí se condenaba automáticamente a la decepción. Pensé en llamar a Ataúlfo y en contarle un embuste para que diera la alarma a los conspiradores sin necesidad de descubrir mi indiscreción, pensé salir del metro cuanto antes y en tomar un taxi para llegar a la puerta del hotel Palace antes que Ramonazo y apartarlo de su amiga con cualquier pretexto, arrebatándole la posibilidad de traicionarme, si es que no lo había hecho ya, no en la primera media hora, sino en los primeros minutos, por teléfono, a fin de contarlo todo antes...

Pasé tumbado en mi habitación una tarde horrorosa, muy lenta, con el estómago insoportablemente pesado por el lacón y los garbanzos gallegos, con la cabeza trastornada todavía por la mezcla insalubre de vino tinto a granel y orujo fulminante, dejándome envolver poco a poco por la oscuridad del anochecer. Varias veces reuní fuerzas para levantarme y para cruzar el pasillo camino del gabinete donde estaba el teléfono, pero siempre me paraba antes de llegar a él, y me decía, a modo de coartada para retirarme, que sería mejor buscar una cabina en la calle, o acercarme a la cafetería Yale, que tenía teléfono público. A las horas en punto conectaba la radio a ver si daban noticias de detenciones en cadena. A las once puse Radio París, de medianoche hasta las dos estuve escuchando entre pitidos agudos e interferencias como de borrasca la Radio Pirenaica, pero en ninguna de las dos dijeron nada que fuese extraordinario, lo cual ya me dejó un poco más tranquilo, aunque no demasiado, pues también era posible que la redada de la Policía se estuviera llevando a cabo con el máximo sigilo, para que nadie pudiera escapar.

Me desvelé oyendo la radio. Que Ramonazo tardara tanto en volver podía ser un mal augurio. Apagué la luz, cerré los ojos, creí que iba a dormirme, de lo cansado que estaba, del peso tan grande que tenía en los párpados, en todo mi cuerpo, y entonces vi a la mujer de la bata de seda azul, que volvía a abrírsele como los cortinajes de un teatro, los altos muslos combados hacia adentro y la sombra espesa y nítidamente triangular en la que confluían, la carne oscura bajo el vello, el descaro de las tetas grandes y blancas a un paso de mis ojos, tan cerca de mis manos, los pezones rosados y el tenue azul de una vena trasluciéndose en la blancura bruñida de la piel. A consecuencia de tales rememoraciones me dormí después de las cinco, agregando una dosis de arrepentimiento y vergüenza sexual a la culpabilidad política que me laceraba. Cuando desperté, sobre las once, lo primero que hice fue mirar la cama de Ramonazo: continuaba intacta.

Era urgente actuar. Tenía que ponerme en contacto con Ataúlfo esa misma mañana. Por extremar las precauciones me alejé hasta la calle de San Bernardo en busca de un teléfono público. El de Ataúlfo comunicaba de manera incesante, y me puse tan nervioso y marqué tantas veces su número que acabé llamando a un teléfono equivocado y me llevé el susto de que una voz desconocida me dijera que allí no había ningún Ataúlfo, como si lo hubieran detenido a él y a toda su familia y no quisieran dejar rastros de su existencia, según se contaba que hacían los militares en Chile. «Tranquilidad», me dije en voz alta, «mantengamos la calma». Marqué de nuevo, con deliberada lentitud, el número de Ataúlfo, y esta vez la ficha cayó en el interior del mecanismo e inmediatamente después oí la voz de un niño.

—¿Don Ataúlfo Ramiro, por favor? —dije protocolariamente, dispuesto a no identificarme.

—No está —contestó el niño, pero yo oí que hablaba en voz baja con alguien, sin duda su madre, a la que pedía instrucciones—. Ha salido de viaje.

—¿Me puedes decir adónde? —Estaba claro: Ataúlfo había tenido que huir.

—Al extranjero. —Quien contestaba ahora, con menos voz de ira o de amargura que de fastidio, era la mujer de Ataúlfo—. No ha dicho cuándo volverá.

Me sentí solo: tal vez estaba abandonado y rodeado. Para darme una tregua compré un periódico y entré a leerlo en la cafetería La Mallorquina, de la Puerta del Sol. Sin darme cuenta había llegado caminando tan lejos. La Mallorquina era muy cara, pero yo tenía mucha hambre y me encontraba en posesión de una cantidad excepcional de dinero: las dos mil pesetas casi íntegras que me había dado Ataúlfo la última vez que nos vimos y la mitad de las ganancias de Ramonazo en la pista de coches, que ascendía a mil ochocientas. Subí al salón de arriba y me aposté junto a una ventana desde la que veía la esquina de la calle Mayor y un flanco de la Dirección General de Seguridad. En horas más eufóricas yo había imaginado los carros de combate disparando contra los balcones del siniestro edificio para someter a los torturadores de la Brigada Político Social, que acabarían en poco tiempo como sus secuaces portugueses de la PIDE. Entre humaredas y derrumbes los sociales saldrían a la Puerta del Sol agitando banderas blancas con las manos en alto.

Ahora lo que imaginé fue que a Ramonazo y a Ataúlfo podían tenerlos prisioneros en el sótano de la DGS. Por lo pronto, yo estaba a salvo, pero tan débil que me habían flaqueado las piernas al subir al piso de arriba de la pastelería. El miedo, la soledad, el nerviosismo, me aguzaban el hambre: pedí café con leche y tortitas con nata, una especialidad sabrosa en la que me había iniciado Ataúlfo, erudito en todos los bares, pastelerías, tabernas y clubes de Madrid. Estaba mojando un trozo de torta en el café con leche cuando un titular del periódico me quitó el apetito: el gobierno había destituido al teniente general D**, que era, como se recordará, el jefe máximo de nuestro levantamiento, el Antonio de Spinola español al que le mandaban monóculos por correo.

«Tranquilidad», repetí, ahora en el espejo del lavabo de La Mallorquina. Volví a mi mesa, vigilé con máxima atención las inmediaciones de la DGS, donde no se observaban movimientos inusuales, doblé el periódico, en el que llevaba días sin consultar las ofertas de trabajo, acabé el café con leche, las tortitas con nata y un vaso de agua exquisita que sin yo pedírselo me había traído el camarero. «Tranquilidad y valor.» Pagué dejando una propina digna de Ataúlfo (la edad avanzada del camarero y el detalle del vaso de agua me habían llegado al alma) y subí eludiendo las calles más transitadas hasta la plaza de Santo Domingo, donde estaba el club Azul. Tenía la corazonada de que Ataúlfo podía haberse escondido allí: un refugio, dentro de todo, envidiable, aquel gabinete de los divanes azules y los espejos, y los vasos tallados del mueble bar donde tintinearían los cubitos al caer sobre ellos el whisky, vertido solícitamente por la mujer apenas envuelta en seda azul...

Estuve llamando un rato y no abrió nadie. Que me hubieran dejado solo era acaso el castigo por una indiscreción que estaba desencadenando una catástrofe. Volví a la pensión, por si había algún mensaje para mí, tan alterado que el olor a jamones y a chorizos del portal no me dio hambre, sino náuseas. Junto a la puerta de la calle había una furgoneta con el motor en marcha que despedía un humo negro. En la penumbra tenebrosa de la escalera me di de bruces contra una mujer que bajaba saltando de dos en dos los peldaños: me disculpé, di la luz del rellano y la reconocí por una foto que me había enseñado Ramón: era su novia maoísta, y de hecho había algo de oriental en ella, en la cara pequeña, de piel tensa y pómulos anchos, en la estatura breve y ágil. No llegué a identificar de dónde procedía aquel matiz de acento extranjero con el que pronunciaba las palabras. Ella también me reconoció, aunque no sé cómo, y se aferró a mí, sacudiéndome las solapas de la chaqueta con unas manos que me parecieron diminutas.

—Has de avisar a Ramón, de prisa, yo ya no tengo tiempo, dile que se vaya, que desaparezca, nos han desarticulado, dile que se cuide, agur.

Hablaba y se movía a tal velocidad que me di cuenta de que se había ido al mismo tiempo que oía arrancar el motor de la furgoneta que la esperaba en la calle. Ya no subí a la pensión. Me temblaban las piernas, y notaba en la vejiga el mismo dolor agudo que cuando vi acercarse a los antidisturbios en la Complutense. Vivía de nuevo como en mis temporadas de más soledad e indigencia, moviéndome como un sonámbulo por la ciudad ilimitada, desconocida y hostil, sin saber del todo si estaba despierto o dormido, si estaba soñando lo que tenía delante de los ojos, a través del cristal ligeramente escarchado de la alucinación, escarchado unas veces y otras opaco por el vaho. En la plaza de España tomé el suburbano hasta el lejano barrio de Aluche y anduve errando entre descampados y urbanizaciones a medio construir hasta que distinguí en la distancia la rueda de una noria inmóvil y los gallardetes que coronaban una carpa y pude encontrar al cabo de una caminata extenuadora —la noria parecía estar siempre igual de lejos— la pista de coches de choque en la que trabajaba Ramonazo. El tiempo había cambiado, y ahora hacía mucho calor. Un individuo con el torso desnudo y los bíceps hercúleos tatuados era la única presencia humana que pude hallar en las inmediaciones. Estaba mojándose el pecho y la cara con un chorro de agua que brotaba de una goma. Al preguntarle yo por Ramón dejó caer la goma al suelo y me miró de arriba abajo tan pormenorizadamente como si me practicara un registro.

—¿El gordo? —dijo por fin, secándose la cara—. Por cómo le vi que corría debe de estar llegando a Ciudad Real. Si no anda listo lo ligan los picos y está ahora mismo de imaginaria en el talego.

—¿Los qué?

—Los picos. —El forzudo puso cara de paciencia y fastidio—. Los picoletos. Los gemelos. Blanco es, la gallina lo pone...

¡La Guardia Civil había ido a buscar a Ramonazo, pero él los había burlado! Pensé: «Es una caza del hombre en toda regla.» El general D** destituido, seguramente desenmascarado; el jefe supremo de la Guardia Civil declarando que la Benemérita sabría estar a la altura de sus responsabilidades históricas, es decir, para quien quisiera entenderlo, que permanecería fiel al régimen franquista; Ataúlfo en paradero desconocido; Ramonazo huyendo, la célula maoísta de su amiga desarticulada, los civiles pisándole los talones: lo único sensato que a mí me quedaba por hacer era intentar la huida. Tenía dinero en el bolsillo: llevaba conmigo, por una precaución en la que mi madre no dejaba de insistirme, el carnet de identidad. Aún era pronto para que las estaciones de trenes y autobuses estuvieran vigiladas, así que lo más razonable sería irme a Atocha, comprar un billete para el primer tren que saliera en dirección a mi pueblo y quitarme de en medio una temporada, hasta que se tranquilizaran las cosas. Yo, después de todo, no era nadie: mi ausencia no podría afectar demasiado a la lucha antifranquista, que llevaba treinta y cinco años desarrollándose sin mí, aunque también, parecía, sin demasiado éxito. Perdido a las tres de la tarde en los campos amarillos y estériles de los alrededores de Madrid, la idea de volver aquel mismo día a mi pueblo, de cenar y dormir esa misma noche en la casa de mis padres, se me impuso con una fuerza indomable, como si despertara de pronto el pueblerino asustado que yo escondía bajo siete llaves dentro de mí, el conformista obediente, el sempiterno camastrón que sólo albergaba ilusiones tangibles, como el noviazgo y el matrimonio, y no quería sacrificar su bienestar diario en nombre de la quimera del periodismo.

Pero algo me impidió ir directamente a Atocha obligándome a sobreponerme al miedo y a regresar a la pensión: no la lealtad hacia Ramonazo o Ataúlfo, no la delicadeza de despedirme del matrimonio asturiano que la regentaba, no el deseo de recobrar mis libros, mis apuntes, mi colección de *Triunfo*, las cartas y las fotografías de mi novia. Volví a la pensión porque era incapaz de marcharme sin llevar conmigo mi máquina de escribir, mi dulce compañera portátil, mi auxilio contra el aburrimiento y contra las tardes de domingo, mi Tippa Adler dócil y veloz como un perro de caza, el tesoro de mis ahorros, el mecanismo de los sueños de mi adolescencia. Armado de mi última reserva de coraje abrí la puerta de la habitación y Ramonazo estaba tendido en su cama, roncando, con un ejemplar de *Diez Minutos* abierto sobre la cara, a modo de parasol contra la luz excesiva de mayo. Decía de sí mismo, con razón, que era capaz de dormirse en lo alto de un pincho.

Le quité de la cara las páginas satinadas con fotografías de chicas en bikini, lo sacudí como a un fardo, como a un cocodrilo enterrado en lodo, lo llamé a voces, le dije que no había tiempo, que nos teníamos que marchar, que había venido a avisarle su novia para que huyera. Se sentó en la cama, echándome un aliento en el que quedaban residuos de una mala noche, bostezó y se pasó la mano por el mentón sin afeitar, haciendo un ruido de lija.

—Parece mentira —dio un bostezo más grande, como de hipopótamo—. Me echo un rato y tienes que despertarme.

—Se lo dijiste, ¿verdad? Me juraste que guardarías el secreto, pero tuviste que decírselo a tu amiga, y mira la que has organizado. ¿O también se lo dijiste a alguien más?

—Hombre, decirlo, decirlo, no. —Ramonazo se pasaba los dedos por la cara rasposa queriendo recordar—. Le conté algo anoche a un buen amigo, paisano nuestro, más que nada porque tuviera cuidado, estábamos tomando unas copas en un bar que tiene en Aluche y él empezó a quejarse de que Franco no se moría nunca y yo pensé, cojones, este amigo es de toda confianza, no tengo derecho a negarle una alegría, aunque a él tampoco le gusta la democracia burguesa, y me lo juró, oye, me lo juró por sus niños, que de su boca no salía una palabra...

—Pues mira lo que has conseguido. —Mientras le hablaba acusadoramente a Ramonazo yo iba llenando de cualquier modo mi maleta—. Que tengamos que salir pitando. Que se hunda todo. Que vaya siguiéndote la Guardia Civil.

—Qué cabrones, seguro que los mandaba mi padre.

—Y una leche. —Me dirigía a Ramonazo con una sorprendente autoridad, le ayudaba a hacer su maleta, le guardaba cosas en los bolsillos de la americana—. ¿También ha sido tu padre el que ha disuelto esa célula prochina donde te lavaban el cerebro?

El teléfono nos enmudeció a los dos: estaba sonando lejos, en el gabinete, pero los dos sabíamos que la llamada tenía que ver con nosotros. Abrí la puerta de la habitación y la patrona venía por el pasillo a avisarme. Era Ataúlfo: su voz sonaba rara y lejana, pero no me dijo desde dónde llamaba, y yo no se lo pregunté. La verdad es que no sabía qué decirle. Estaba avergonzado, y también estaba muerto de miedo. Le dije, como haciendo méritos, que había entregado el mensaje. No pude contenerme y le confesé también que no había mantenido el secreto. Fue amable, como siempre, amable y un poco distante. Le advertí del peligro. Me contó que la Policía había estado en el club Azul, y me aconsejó que desapareciera durante algún tiempo, que no hiciera nada, que esperase noticias suyas. Nunca las recibí. Es raro que no haya un instinto que le avise a uno de que está hablando con alguien por última vez.

# IX

En la radio del taxi, mientras íbamos hacia Chamartín, oímos la noticia de la desarticulación de un grupúsculo extremista perteneciente al autodenominado Frente Revolucionario Antifascista y Patriótico, a cuyos miembros se les había ocupado abundante material subversivo así como un alijo de armas de fuego y explosivos. Vi cómo Ramonazo se iba poniendo pálido a medida que escuchaba, pálido y amarillento, como si se mareara en el coche. En la estación, mientras él esperaba oculto en los lavabos, y vomitaba de paso, le compré un billete para Barcelona. Se lo compré con mi dinero, porque todo el suyo él lo había gastado en los últimos días, parte en diversas celebraciones con sus amigos de Parla y de Aluche, parte también, me confesó, en contribuir económicamente al sostenimiento de la célula recién desbaratada por la Policía. No conocía a nadie en Barcelona, y no tenía con qué mantenerse hasta que encontrara trabajo, así que le di todo mi dinero, quedándome sólo con doscientas pesetas para metro y bocadillos, y me fui a hacer auto-stop a la carretera de Andalucía, donde no tardó ni dos horas en recogerme el conductor de una furgoneta DKW que resultó ser de un pueblo al lado del mío.

A las once de la noche estaba llamando yo a la puerta de mi casa, impaciente por ver la cara de sorpresa que pondría mi madre. A esa misma hora, en un vagón de segunda, atestado y maloliente, Ramonazo estaría durmiendo con el mismo desahogo que si viajara en coche cama. Me acordé de lo pálido que lo vi cuando nos despedimos, sin afeitar, con la cara hinchada, diciéndome adiós desde la ventanilla, asustado tal vez no sólo por la Policía, sino por la inminencia de llegar a otra ciudad inmensa en la que tampoco conocía a nadie.

No volví a Madrid para los exámenes finales. Me quedé en mi pueblo, esperando día tras día las noticias de la sublevación, queriendo imaginar que no había fracasado. Después de una ardua lucha interior me decidí a confiar en mi novia, que se alarmó al saber lo que se avecinaba y me juró mirándome sin pestañear que guardaría el secreto. Tenía miedo por mí, pero también por su padre, y yo creo que el cariño hacia él la empujó a decirle algo: su padre, que me detestaba, y que no tenía reparo en decirle a quien fuese que yo era el gran error en la vida de su hija, suavizó durante unos días su actitud, e incluso me invitó un domingo a comer con la familia, cosa que hasta entonces no había hecho jamás, y que no se volvió a repetir en varios años.

De vez en cuando yo llamaba a casa de Ataúlfo, pero nunca era él quien cogía el teléfono, y yo colgaba sin decir nada al escuchar a su mujer o a uno de sus hijos. Iba acercándose el final de mayo y no sucedía nada. Las cosas ocurrían, como de costumbre, en otra parte, en Portugal, donde progresaba la revolución con vaivenes de turbulencia y entusiasmo, en Francia, donde era posible que la Unión de Izquierdas ganara las elecciones, sitiando así irremediablemente a la dictadura de Franco. En un panfleto portugués que llegó a mis manos se veían dos multitudes con banderas rojas que partían de París y Lisboa y rebasaban las fronteras para confluir como una inundación en España.

Que yo me hubiera vuelto de Madrid sin hacer siquiera los exámenes finales acabó de convencer a mi padre de lo que él ya sospechaba, que yo no valía para los estudios. Le dije, y también se lo prometí a mi novia, más que nada para que le transmitiera esa información a su padre, que me presentaría a todas las asignaturas en septiembre, pero lo fui dejando, me dejé abatir por los calores de julio y de agosto, que en mi pueblo son tremendos, y en octubre me encontré sin nada que hacer, ganduleando con los amigos por la calle Nueva, contándole a alguno de los más íntimos, después de exigirle promesa absoluta de silencio, mis aventuras como luchador clandestino en Madrid.

Pasé así un par de años, apoltronado en la pereza, en la desidia de ir dejando para después el regreso a la universidad, ayudándole de vez en cuando a mi madre en la tienda. Miraba el fondo del plato cuando mi padre me llamaba inútil o gandul en la mesa, alzando su voz por encima del volumen del televisor mientras mis hermanos comían como si no escucharan nada, o sólo la televisión, o la lluvia. Todas las tardes, a las ocho, yo iba a esperar a mi novia, que había empezado a trabajar en la gestoría Virgen de Guadalupe, propiedad de su padre, así como la autoescuela del mismo nombre. Las tardes invernales de mucho frío o de lluvia las pasábamos en el cine, mirando apenas la película, aunque acabábamos sabiéndonos los diálogos de memoria, de tantas veces como los oíamos. Nos tapábamos con mi anorak o con su abrigo, porque en el cine no había calefacción, y nos quedábamos allí hasta un poco antes de las diez, que era la hora a la que ella volvía a su casa en invierno. En verano se quedaba conmigo hasta las once, hasta las doce los domingos.

Estaba precisamente una mañana en casa de mi novia cuando salió el presidente Arias Navarro en la televisión y dijo que Franco había muerto. Su madre y su hermana mayor se echaron a llorar. Yo estaba tan aburrido de que hubiera pasado tanto tiempo sin acabar de morirse que no sentí nada, ni alegría ni alivio, sólo una ligera extrañeza que fue creciendo a lo largo del día. En la televisión daban sin parar música clásica, y la gente hacía cola cabizbaja y lloraba o rezaba rosarios en la explanada del Palacio Real.

Justo un año después, en noviembre de 1976, mi

novia descubrió que estaba embarazada. Ahora eso puede parecer una tontería, pero entonces, y en mi pueblo, y en la familia de ella, aquel embarazo constituyó una tragedia, algo bufa, mirada a distancia, con aspavientos de teatro, pero una tragedia. Nos casamos rápidamente, en una ermita próxima a mi pueblo donde ella, al arrodillarse junto a mí en las losas desnudas, tiritaba de frío. Llevaba el pelo corto, un abrigo blanco con el cuello de visón y unas botas altas, blancas también, con un brillo de plástico. Estaba muy guapa, con esa vehemencia carnal que ya daba el embarazo a su figura y a su cara, pero yo creo que si la quise tanto esa tarde fue por la lástima secreta que sentía hacia los dos, sobre todo hacia ella, con sus rodillas desnudas y ateridas por el frío de las losas y aquel abrigo corto y blanco que le había prestado una amiga. Su padre me colocó de administrativo en la gestoría, no sin advertirme que no lo hacía por mí: «Lo hago por la tonta de mi hija, para que no la mates de hambre, y por el pobrecillo de mi nieto, que no tiene culpa de nada.» De la matanza de los abogados en el despacho laboralista de la calle Atocha me enteré cenando en casa de mis suegros, sentado junto a mi mujer, a la que le pasaba su madre un paño húmedo por la frente, porque le había dado un mareo al llegarle de la cocina un fuerte olor a pescado.

—Esto lo arreglaba yo en cuarenta y ocho horas —decía a voces mi suegro, y yo no estaba seguro de si se refería al desastre sangriento de aquellas semanas en España o al mareo de mi mujer.

El niño nació durante la ola de calor del verano de 1977, que un poco más y se lo lleva del mundo, deshidratado, con diarreas constantes, rojo de llanto y de sudor. Ahora lo miro y pienso que no es el mismo, que ese adolescente callado y algo lúgubre que no me mira a los ojos cuando le pregunto algo no puede ser la misma criatura que se nos escurría a su madre y a mí de los brazos en los desesperados insomnios de aquel verano, en el piso recién construido que nos había regalado su padre al casarnos, donde el aire, incluso de noche, ardía como el aire de un horno. No es posible, pienso al mirarlo, no puede haber pasado tanto tiempo, como si anoche mismo me hubiera dormido de agotamiento a las cuatro, porque el niño no dejaba de llorar y de ensuciar pañales con una diarrea líquida, y esta mañana, cuando me he levantado, tuviera ya dieciséis años.

Su hermano, que cumplirá doce en enero, es el reverso exacto de la moneda: muy cariñoso con su madre y conmigo, magnífico en la escuela, animoso, obediente, sin ningún complejo, aunque para su edad tiene un peso superior a la media. A veces, inconfesablemente, me da un poco de pena mirarlo, tan bueno y tan poco ágil, tan afectuoso con su hermano mayor, que antes le hacía rabiar con monotonía y premeditación y que ahora, desde hace un par de años, ha dejado de verlo, igual que dejó de vernos a su madre y a mí. Pero me pregunto si a su edad yo veía a mis padres: mi hijo está mucho más cerca de quien yo era en los pocos meses que pasé en Madrid que de quien soy ahora, un adulto opresivo y lejano, un padre a punto de convertirse en cuarentón. Jamás me ha visitado en la gestoría, y cuando su madre, su hermano y yo, dando un paseo, nos cruzamos con él y sus amigos por la calle Nueva, cambia de acera y hace como que no nos ha visto.

Casi todos los años, en Navidad o en Semana Santa, nos visita Ramón Tovar. Acabó instalándose en un pueblo de Valencia, y de viajante de una fábrica de zapatos pasó a capataz, y luego, con la tenacidad invencible de los autodidactas, hizo unos cursos de gestión y ascendió a director gerente, cargo que ostenta ahora. Se casó con una mujer de allí, muy morena de cara, ancha y fornida como él, con el pelo teñido de rubio, y con ella y con sus hijos habla en una curiosa mezcla de valenciano y de modismos antiguos y entonaciones de mi pueblo que no ha llegado a perder, a pesar de los años y de un valencianismo tan apasionado que a veces me resulta, no lo puedo ocultar, enfadoso, y que me hace pensar en su olvidado maoísmo.

Vivo, por lo demás, una vida transparente, serena, en la que no falta algún relativo privilegio ni ocurre casi nada fuera de mi trabajo y de mi familia. Al morir mi padre cambiamos de piso y mi madre vino a vivir con nosotros. En ocasiones llega a ser un poco opresivo compartir la vida con dos mujeres que se precian, con razón, de conocerme más de lo que me conozco yo mismo, y de que yo no sea capaz de ocultarles nada. Pero no tiene demasiado mérito: a casi nadie he sabido nunca esconderle lo que pensaba o lo que sentía, y ya me parece que va siendo tarde para que empiece a aprender, si bien, me digo en las horas bajas, podía tomar lecciones de hermetismo de mi hijo mayor.

Un solo secreto poseí en mi vida, y lo malbaraté insensatamente, como quien logra un tesoro y lo desperdicia y lo tira y se encuentra luego con las manos vacías. Pero me doy cuenta de que ahora poseo otro, y como no era consciente de que lo tenía no he podido traicionarlo. Nadie piensa ya en aquellos tiempos, nadie se acuerda del invierno y de la primavera de 1974, ni de la ejecución de Puig Antich o del nombre del húngaro o polaco al que le dieron garrote vil en Barcelona. Yo sí me acuerdo de todo: ése es mi secreto. Nadie sabe que aún continúo añorando lo que no sucedió nunca, la revolución franca y gozosa que no llegó a triunfar, el vértigo de rodear en medio de una multitud con puños alzados y banderas rojas a los carros de combate que no dispararon contra los balcones de la Dirección General de Seguridad. No me quejo de mi vida, pero me pregunto cómo habría sido la otra, qué me habría ocurrido si hubiera continuado estudiando, si no hubiera cometido la atroz imprudencia, la indignidad de no cumplir mi palabra, de salir huyendo y refugiarme en mi pueblo a la primera señal de peligro. En el trabajo, en mi casa, tratan con indulgencia mis distracciones, se burlan de mi mala memoria, de que nunca me acuerdo de dónde acabo de dejar algo. No pueden saber que es en otra buena memoria disimulada tras la que ellos conocen, como en un doble fondo, donde está guardado mi secreto, las pocas cosas de entonces de las que no quiero ni puedo olvidarme, la alegría de estar recién llegado a Madrid, la euforia de beber vino blanco helado y comer langosta después de un día entero en ayunas, la ingravidez de una bajada en taxi por la calle de Alcalá, muy tarde, a las dos o las tres de la madrugada, cuando casi no había tráfico y aún estaba iluminada la fuente de Cibeles.

En esa época, en los setenta, sobre todo al principio, creíamos fervorosamente en la comunicación, imaginábamos que ni la amistad ni el amor eran posibles sin una transparencia absoluta, nos desesperaba la dificultad de transmitir lo que sentíamos. Ahora, algunas veces, yo agradezco exactamente lo contrario, el privilegio de la inviolabilidad, la maravilla del silencio, el derecho a acordarme sin que lo sepa nadie, sin que lo pueda sospechar nunca mi mujer, que duerme a mi lado, en la oscuridad de nuestro dormitorio, de aquella amiga o cómplice de Ataúlfo Ramiro a la que vi desnuda durante un segundo en Madrid, hace diecinueve años, cuando al adelantar la mano para abrirme una puerta se le desciñó la bata de seda azul delante de mis ojos y se echó a reír como si no le importara nada mi presencia. Iba a marcharme, pero la seguí mirando y ella no volvió a ceñirse la bata ni se movió del umbral, y yo olí no su perfume, sino su piel desnuda, noté que me ardía la cara y pensé que si le pedía que me dejara entrar de nuevo con ella no iba a negarse, pero tuve de pronto más miedo del que había tenido nunca, le dije hasta luego y tardé un rato en oír, mientras bajaba las escaleras, el golpe de la puerta al cerrarse, una de tantas puertas que se cierran para no abrirse más en la vida de uno.

booket